상자를 열지 않는 사람
백은선 시집

문학동네시인선 195 백은선
상자를 열지 않는 사람

시인의 말

영혼은 어디 있을까?

너의 배꼽

그치, 우린 질문으로 시작해야지

2023년 6월
백은선

세상의 모든
이름을 동시에
발음해보는 일

차례

2부 당신이 내내 뒤적인 건 나의 심장

3부 이제 가느다란 뼈를 다 무너뜨려볼까

1부

자꾸만 나도 모르게 펼쳐지는 게 있어

숨은 귤 찾기
—이선에게

너는 자꾸 귤! 귤! 소리치며 집안을 뛰어다닌다
귤 없어 귤 없어 나는 대답하는데

한밤중에 귤

눈 내리는 밤 오래 걸어 편의점에 다녀왔다
잠
잠 속의 일이었다

이불이 축축해지고 머리가 덤불이 되어 눈뜰 때
날아가는 새

어느 날은 목욕을 하며
종말이 가까워졌다고 이야기해주었다
어른이 되지도 못하고 죽는 거냐고
묻는
입이 잔뜩 나온
너에게 거품을 묻혀주었다

눈 내리는 밤의 일이었다

두 발이 푹푹 빠져서
발끝이 아려

빨갛게 부푼 뺨이 어둠 속에서 잠깐 빛났다

귤나무가 집 앞에 있어서
먹고 싶을 때마다
따올 수 있으면 좋겠다

어느 날은 티브이 앞에 앉아
과자를 나눠 먹으며
영화를 봤다

밤이 너무 길구나
너는 도통 잠들 생각을 않고

이런 밤에는 눈도 잠이 든단다
세상을 먼저 재우고 나중에서야 잠에 든단다

잠든 눈을 내려다보며

나는 종치기가 되어 평생 종을 치는
글을 쓰고 새벽이 다 되어
두 손을 포개고
날개를 접었다

귤
귤에 대해 생각하다
빛나는 심장을
쟁반에 담아
식탁에 올려두었다

눈뜨면 네가 제일 먼저 볼 수 있게

어느 날은
중력은 무엇이든 떨어뜨리니까
빛과 무관하게 나는 아플 수 있어서
다행인 날이었다

꽁꽁 얼어버린 빛이 있다
귤
전부 녹아버린 밤의 일이었다

형상기억합금

환희와 절망이 맞닿는 방식으로
우리가 학습한 살육

빛 속에 빛
빛 속에 빛

언제나 가장 가깝고
동시에
가장 먼 것을

부를 수 없기에
이름 붙여야만 한다고

그런 절멸 속에서 발생하는 차가운 온도를

계속해서 돌아가게 되는
찬미
악보를 넘기는 어두운 손

그리고 처음부터
다시

효력을 잃어버린 축복

천국에서 쫓겨난 날개는
천사가 아니다 더이상

그럼 뭐지? 그냥 날개 달린 사람인가?

뭐든지 스스로 해야 한다는 사실에 가끔
기가 막힌다고
날개가 부르르 떨며 말할 때

작은 깃털 하나가 떨어졌다

검은색이었다

언제부터 검은 깃털이 났어?
몰라, 여기 오면서부터겠지

색을 잃는 것을
자연이라고 생각했다

그래도 축복은 해줄 수 있지?
흉내는 낼 수 있지

축복의 뜻은 처음으로 돌아가라는 거야

가장 먼 발끝처럼
호흡하며 길어지기

그랬으면 좋겠다는
작은 바람

넘어서는 순간 무너지는
시작

萬境, 靑坡

공원에서 동료 시인을 만나 벤치에 앉았을 때
서로의 공포가 동일하다는 것에 우리는
안심했다

나무가 있고
바람이 불고
너와 내가
슬프다

이게 나의 전부라고 털어놓았을 때

나도 그래요 나도
그가 말했다

바람은 나무를 흔들고 나무는 일생 동안 깊어진다
너, 나
그런 슬픔

무덤가에 앉아 스크류바를 먹는 동안
전부에 대해 생각한다

그 이상이 있을까 모르겠다
있었으면 좋겠다

자전거를 타고 떠나는 모험

출발하는 곳이 시작점이다 그곳이 어디든
눈감은 사람 팔을 휘젓는 사람 노래 부르는 사람
혼자 술 마시는 사람을 지나쳐

계속해서 출발한다면
시작점은 영원히 길어진다

끝
끝
끝

나무와 풀 나무와 풀
그런 것이 좋다고

쓰고 싶어서

ㅣ ㅣ ㅣ ㅣ ㅣ ㅣ ㅣ

더이상 아무것도 떠오르지 않아서
한 시간 동안 모니터를 쏘아보고

두 시간 동안 비프스튜를 끓였다

듣기로 하고 아껴둔 노래를
머릿속으로만 생각했다

가끔 고기가 무섭고 아프다

더이상 들을 수 없는 말

언제부터 네가 그런 말을 하지 않았는지
사랑해
예뻐
좋아

버스를 타고 내리막길을 달릴 때
과속방지턱을 넘는 순간
몸이 붕 뜨는 기분이 좋아
우리
꺄르르 웃음을 터뜨리고

좋아!
너무 좋아!

흔들리며 뒤섞일 때
내가 잠깐 너에게 닿았다 떨어질 때
훔쳐본 것

커다란 머리띠 우스꽝스러운 모자를 쓰고
부스에 들어가 사진을 찍었던 날
감자튀김을 집어먹다가 너는

갑자기 물었잖아

모든 것을 기록하는 카메라를 머릿속에 심을 수 있다면
이식할 거야?

나는 아—니, 라고 대답하면서도
지금 이 순간만은 영원히 기억하고 싶었다
내 마음을 너는 몰랐으면 좋겠어서
괜히 케첩을 푹 찍어 감자튀김을 네 입에 밀어넣었다

빛나는 것은
전부 두 손 안에 있는데

어째서 자꾸만 숨기고 싶어지는 걸까

산책

달보다 높은 건물
우리는 단지
걷는다 움직이고 싶을 뿐이야

흔들리는 만국기 손을 잡고 걷는 연인들
달려가는 아이들 모든 풍경이 갑자기
낯설어서
두려워졌다

너도 좋아?

조금만 더
조금만 더

물을 뚝뚝 흘리며 돌아오는 동안

우리는 어둠을 두들겨 만든
물주머니들

출렁이며 각자의 몸을 끌고
길 끝을 향해 가는 동안

무엇으로부터 멀어지는 동시에 무엇에 가까워지는 동안

지옥에서 만나

기쁨을 몰라서
사랑을 했다

정언명령처럼 들어온 것

이 도시는 너무 어두워서 너무 밝고
전부 죽어버렸으면 좋겠다

죽어서라도 옆에 있고 싶다

너는 내게서 무얼 보았을까
빗금을 밟으며
휘파람을 부는 소녀

움푹 들어간 보조개
비뚤어진 앞니
뾰족한 입술

너는 아니
우리 기쁨의 임계점이
무지개 끝에서 색을 잃을 때

무엇이 부서질지

하나뿐인 전부를 잃을까봐
사랑을 할 수 없었다

기쁨 같은 거
몰라도 괜찮다

카페 Themselves

줄에 꿰인 감을 보고 있었다
아픈 일을 생각하기 싫어서 감이
흔들리는 것을 본다

날개는 창백한 채 맞은편에 앉아
비를 말린다

간판을 읽을 수 없어서 길을 못 찾았어
그랬구나 못 읽었구나

못생긴 얼굴로 내가 웃을 때는
네가 다른 곳을 보면 좋겠다

우리가 차를 타고 몇 시간이고 달리는 동안
우리는 100km/h만큼 가까워지고
그 사람이 나한테 침을 뱉었어
그런 말을 하는 동안 휴게소에 다다르고

자꾸만 나도 모르게 펼쳐지는 게 있어
날개가 웃으며 말할 때

잠깐
세계가 사라진다

—

엔젤: 러브레터

매듭을 묶자 두꺼운 손이 이마를 짚었다

한때 뱃사람으로 날카로운 모서리를 쉽게 이해했다던

된장을 풀며 애호박을 퐁당퐁당 냄비에 빠뜨리며

아직이야
조그마한 것들은
버리기도 좋아

경직된 빗금이 얼굴로 쏟아져내렸다

입에 담을 수 없는 치욕이다
하나를 내어주면
다른 하나를 요구받는 일
물결
물결

주머니 속에 손을 숨기고 모자 속에 눈을 감추며
어두운 길을 걷는 밤

강가에는 새들이 있고
고깔을 뒤집어쓴

풀리지 않는 물 단단하게 깍지 낀 손의 형상으로
물결

빌어먹을
한 번 밥을 줬더니
골목을 지키고 서서

남자는 파도의 모든 표정을 다 안다고 자주 얘기했지

파를 썰고 계란을 풀며 또각또각 다시마를 자르며

이게 나야
부서지는 것들은
잊힌 계절

하루는 급하게 물건을 전하러 뛰어나가느라 모자를 잊
었고
종일
대가를 치러야 했다

눈초리들
물결

— 혹은

앙다문 이빨처럼 도저히 열리지 않는 것
벗어나려고 몸부림칠수록 더 세게 조여오는 것

두꺼운 손 털이 수북한 붉은 손
온몸을 돌아다니는
털복숭이 피

빛나는 건 전부 재앙이야
밑줄 긋고 뛰어오는 물의 진동이야

거짓말
 거짓말
  거짓말
   거짓말

벗겨진 가축 아래 짐승 단말마 비명 감은 눈
감은 눈

한 대 맞고 웃는 일은 너무 쉽다

커다란 개들이 뒤쫓아온다

—

더이상 줄 것이 없는 줄도 모르고
잇새로 침을 흘리며
커다란 혀를 날름거리는
개들

모자가 열리고 나의 수업이 시작될 때
–

두 개의 봉우리가 만나 협곡이 될 때
–

매듭이 불어나며 단단해질 때

아이 참, 두 눈은 자꾸 어디에 두고 와서
그만해요
이러다 날 새겠어

웃으며 흘리는 한숨
아직도 이렇게 배울 것이 많아서
나는

또 으깨고 으깨며
젓고 저으며

안도의 눈빛이 떠오를 때까지

얼굴을 움켜쥐고

물위를 걷는 새벽

신기해
아직 살아서
봐야 할 것이
이토록 많다는 게

더이상 아무것도 궁금하지 않은 계절
돌려줄 대답보다
받아낼 질문이 많은
초록의 계절

공포는 지루하고
희망은 창백하니
물결

새를 타고 날아가는 사람의 눈이
빛나고
별은 하염없이 멀어져

개들이 돌아오는 시간

검고 커다란 털이 불쑥 모퉁이에서
솟아나는 시간

거짓말, 거짓말
–

다 알면서도 웃는 일이
–

배를 가르면 쏟아지는 내장이
–

이렇게 다정하고 달콤한 일이던가

츳츳츠
물결이 번지며 내는 호흡

강가에 앉아 일곱 개의 돌을 던지는 동안
일곱 개의 얼굴을
썼다 벗었다 하는 일이

섭(攝)

동물을 먹으면 그 동물의 기억도 함께 갖게 된다고 믿었다. 파란 밤. 어째서 얼굴은 습자지처럼 자꾸만 찢어지게 된 걸까. 알고 있니. 네가 뺨을 때리던 날 잠깐 검은 날개가 날아오르는 걸 봤다는 거. 그것을 지옥이라고 생각했다는 거.

악마가 윙크하면 노래가 시작되고 불이 번진다. 여태 먹은 것 때문이다. 착실히 씹어 삼킨 것들이 지금의 나야. 그러니 억울하지 않다.

다음 생이라는 걸 상상하게 된 계기는 네 손.

손바닥은 주먹보다 약하고 주먹보다 비겁하다. 분노한 새들처럼 꺅꺅대며 퍼득거리던 것. 그런 데에도 힘을 쓰는 사람이었다는 것.

우리가 너무 많은 얼굴을 얼굴 위에 덧칠했기 때문이라는 걸. 그래서 엇나가 찢겨져도 어쩔 수 없다는 걸. 너는 울면서 고백했다. 네 뺨을 지나간 무수한 손들에 대해.

정말 유감이다.

문을 열고 나가 다시 돌아오지 않았다는 결말, 어디서 본 것 같지 않니. 아무리 많은 고통도 현재의 방패가 되어주진

않는다고,

적심(摘心)*

나선의 박차를 가하는 붉은 소녀가 있다. 소녀의 이름은 사과. 발끝이 얼어서 빨갛게 부풀던 기도였다. 여태 어디 있었니. 두 손을 잃어서 밤새 강가를 헤맸어요. 눈물을 뚝뚝 흘리며 둥글게 번지던 밤. 사각의 방에 누워 사과는 사라지는 것들에게 이별을 고했다.

허물어지는 건 재미있지. 죽기 위해 하루하루 산다는 거 말야. 매번 내 손등을 찰싹 때리며 가만히 있으라고 하지만. 나는 자꾸 요동치는걸요. 멈출 수 없는 것이 핏속을 돌아다녀서, 아픈데 너무 아픈데. 커다란 의자에 앉아 두 발을 흔드는 나는 엉망진창 문제아일 뿐이고.

나무 위에 올라가면 하얗게 빛나는 지붕이 보였다. 손으로 잡을 수 있을 만치 작게. 몇 번을 움켜쥐어도 내 것이 될 수 없는데. 해가 질 무렵 창은 불타는 것처럼 보인다. 아름다운 네 사람이 원탁에 앉아 따듯한 것을 먹고 있을 거야. 그중 하나가 될 수만 있다면. 차가운 흙속에서 잃어버린 조각을 꺼낼 수 있다면.

나선의 박차를 부수는 붉은 소녀가 있다. 소녀의 이름은 물위에 쓴 글씨, 주저앉은 체온, 거꾸로 매달린 종. 보이는 것만이 전부라고 믿기에 아픔도 좋아요. 축축한 귀. 사각 안으로 빨려들며 소녀는 눈을 감는다. 돌을 꼭 쥔 채, 안녕, 안

녕, 끊임없이 돌아오는 나선의 감각으로 빈다. 한밤중 멀리
서 들려오던 개 짖는 소리, 영혼이 펄럭이는 소리.
　이제 왜곡된 빛이다.

　사과는 오래전 나의 이름이었다.

* 순지르기.

역할 바꾸기

너의 미래에 내가 없어서 좋아, 그렇게 말하는 영화가
있다
    가득 쌓인 수박이 우르르 무너지는 장면 위로 목소리 흐
른다

너의 미래에 내가 없어서 좋아

나는 약간 웃고 약간 운다
그러려고 여기 왔으니까

주먹은 금세 펼쳐지고
경멸에 가까운 조소가 내 것 같다

죽는 순간 마지막으로 떠올릴 장면은 뭘까

영화관을 나서며 생각했다
훤히 드러난 목덜미를 어색하게 쓸어올리던
까슬한 감촉이
마지막이면 좋겠다고

우르르 무너지던 것이
오렌지였다면
조금 안심할 수 있었을까요

옆에 앉은 사람에게 불쑥
말 걸고 싶었다

너의 미래에 내가 없어서

돌아오는 길에 커피를 한 잔 마시고
한참 광화문을 걸었다

말을 할수록 말하려는 것에서 멀어져버려서
입을 다무는 것이라고

머리 위에 바다를 이고 다니던 여자가 말했다

한 걸음만 휘청이면 다 쏟아져버릴 것 같다고
생각했지만 나는
함께 침묵하며

비틀린 얼굴을 한 채 웃어 보이려고 애를 썼다

당신의 마지막 장면
당신의 마지막 장면

화를 내고 싶어요
화를 내는 내가 가장 진실에 가까워요
그런 말을

하지 못해서 비 내리는 창가에 서서
물에 잠겨가는 육체를 바라보고 있었다

미래는 모든 창이 열리며 모든 창이 닫히는
순간에 도래할 것이고

우르르 쏟아지는 마음

여지없는 반복이 나의 역할
차가운 김밥을 씹어 삼키며

밤을 기다린다

우리라는 말은 절대 하고 싶지 않아
그럼에도 불구하고
자꾸 우리에게 휘어지고 있는

손을 잘라버릴까봐

쇼트커트로 치고
돌아오던 날
골목 끝에서 풍기던
지독한 짠내가 잊히지 않아서

시체가 노래한다면 이런 냄새가 날걸

오소소 돋던 소름
손끝이 부르트도록 만져댔던 것을
버리고 돌아서던 날

나의 역할은 지금 여기에서 시작될 거야

죽는 순간 마지막으로 떠올릴 장면은 뭘까

조종처럼 흔들리는 한밤의 창
부풀어오르는 빛
이제

나의 미래에 네가 없어서 좋다

비밀과
질문
비밀과 질문

　책 속에서 출렁이는 물을 만났어 몰캉몰캉한 젤리들이 눈
속으로 가득 쏟아졌어 이렇게 고요한 밤에 어떻게 나는 숨
을 쉬고 말을 할 수 있을까 불속에서 녹아내리는 몸 줄곧 가
지고 다닌 비밀과 질문 정말이라면 그것이 정말이라면 물
은 까맣고 까만 것은 무한하기에…… 무어라 부를 수 있을
까 그것을 비밀과 질문이라고 한다면 너무나 쉽고 가벼워지
는 그것을 어쩔 줄 모르고 공중에 놓여 있던 두 손이라 부
를 수 있다면 주머니가 있어 손을 감출 수 있었다면 얼마나
좋을까 물은 형상을 바꾸며 나아갔고 나아가며 멈춰 있었고
물무늬가 그리는 파동이 겹겹이 흔들리며 얼굴을 짓뭉개놓
는 동안 울면서 울면서 달리고 달리는 커다란 기차를 생각
했어 기차를 끌어당기는 은빛 선로에 대해 생각했어 그 안
에 가득찬 빼곡한 숨을 숨찬 주문을 들으며 들으며 귓속으
로 쏟아지는 계속되는 것을 영원히 끝나지 않는 순환의 지
독함과 아름다움을 액자 속에 걸려 천 년 동안 서서히 밝
아지는 동시에 스러지는 이미지를 떠올렸어 그것을 온전한
절망이라고 믿고 싶었다 그러나 온전한 것은 없기에 책 속
에 머리를 박고 활자를 중얼거리며 기차가 달리는 리듬으
로 한 문단 한 문단 달리고 달리며 비밀과 질문 비밀과 질
문 출렁이는 물속을 들여다보려 애를 썼고 아무리 애를 써
도 보이지 않는 심장처럼 물은 검기만 했고 숨찬 내일 무한
을 잠시 엿본 것만 같다고 꽃이 꽃꽃꽃꽃 달리고 달이 달달

달달 떨리고 숲이 숲숲숲숲 웃어대는 리듬 속에서 숨찬 내
일 두 손을 휘저으며 끝없이 두 손을 휘저으며 이렇게 시끄
러운 밤 어떻게 너는 꿈을 꾸고 잠을 자는가 그것이 정말인
가 무엇을 향하는지도 모르고 삿대질을 하며 울던 줄곧 가
지고 다닌 두 손

 손목을 은빛 선로 위에 둔 채 기다리고 있다 기적이 가까
워지기를

진짜 괴물

우리는 동그랗게 앉아 눈을 감았다
첫번째 사람이 입을 열었다

각자가 생각하는 괴물에 대해 이야기하자
너부터 시작

괴물은 말야 초록색이고 이빨이 아주 커
다음
괴물은 말야 손톱이 길고 냄새가 나
다음
괴물은 말야 밝은 걸 싫어하고 검은 피를 흘려
다음
괴물은 말야 시끄럽게 기침을 하고 사람을 먹어

다음

괴물은 말야
……
괴물은 말야
……

긴 침묵이 지나고
하나둘씩 눈을 떴을 때

그애는 울고 있었다

너 왜 울어?
모두가 그애를 보며 의아한 표정을 지었다

나는 흙을 파내려가는 뾰족한 손톱을 생각해 상처 입은 무
릎을, 배고파 잠이 오지 않는 매일 밤의 뒤척임을, 빛이 머
리를 관통할 때의 저린 통증을 생각해

시간은 약이 아니다 생각에는 마침표가 없기 때문에 빛과
소리는 끝이 없고 단지 이동할 뿐이기 때문에

시작된 것이 계속되었다
밤은 길고 밤은 영원해서
그치지 않았다

동그랗게 모여 앉은 우리가 기울어질 때
영문도 모르는 채
술렁이며 눈물이 번질 때

누구도 다음, 이라고 말하지 않았다

좋은 소식

붓꽃이 폈다
꽃잎을 죄다 뜯어놓았다

어디로 갔니 연락도 없이

별이 쏟아지는 밤
숲은 끝없이 길어진다

나는 눈 뒤의 눈
흔들리는 것은 전부 빛이라고 믿어

몇 번이나 없는 번호에 전화를 걸었다

머리끝까지 물에 들어가기 전에
두 발이 먼저 젖었다

상자를 열지 않는 사람

그네 아래는 하얀 꽃이다

폴란드 폴란드

새가 날아가는 순간 새는
무언가 놓고 가는 것만 같고

하얀 것은 깊이를 알 수 없다고 믿었다
불타는

나의 폴란드

아름다운 사람들이 벤치에 앉아 웃고
아이들은 손과 손을 겹쳐 흔들리지 않는 탑을 만들지

소리 없이
날개를 접는

　물속에서 영원을 구할 때 너는 눈과 코와 입을 잃었고 그
뒤로 떠내려간 입이 부른 노래가 가장 긴 이름이 되었다고
하는데, 물속에서 영원을 구할 때
　찌를 드리운 노인이 부드러운 목소리로 말했지. 들여다보
면 들여다볼수록 점점 더 멀어지는 것이 당신이 결국 갖게

― 될 미래라고, 그 말은 둥근 포물선을 그리며 퍼져나갔지. 그
것을 절망이라고 부르려 했지만

젖은 종이에 쓰인 말은 알아볼 수 없고

알아볼 수 없기에 완성되는

폴란드 폴란드

계속

그네는 흔들리고 꽃은 하양을

무력한 것만이 유효하다는 믿음은 손쉽게 이루어지면서
도 부서지기 때문에 너는 그럴듯한 기분으로 태도를 지키기
좋았지. 시 안에서 꽃이 다뤄지는 방식으로. 미래처럼. 절망
하기 위해 태어난 포즈는 늘 호응받기에, 너는 줄곧 들여다
보았지. 들여다보지 않는 순간에도 들여다보고 있다고 그것
이 바로 흔들림이라고 적었지

손과 손을 놓고 멀어지는 연인들처럼
다리 위에 매달린 기쁜 숨처럼

―

기울어진 것은 두 가지 사건에 관해
간결한 견해를 표명하고
8과 0으로만 이루어진 세계

네가 다가갈 수 없는
대립

폴란드

열리지 않는
대립

폴란드

상자를 열지 않는 사람

수박을 사서 돌아가던 길이었지 옥탑을 향해 계단을 올라
가다 쉬다 다시 오르면서
숫자를 세고 눈앞의 반복을 꼽아보며 나는 오로지 무게를
견뎌야 하는 순간에 집중하고 있었지

그거 알고 있니 때로 불필요한 것도 전부 갖고 싶어질 때
가 있다는 거 모로 누워 핸드폰 사진을 하나하나 넘겨보았
지 팔 년을 돌아보며 내 몸은 가만히 있는데 이토록 많은 시
공간 속에 살아 있었다는 게 앞으로도 계속된다는 게 끔찍
해서 눈물이 날 거 같았다
수박은 넣을 자리가 없어 베란다에 둔 채
나는 갔어 먼바다에

파라솔 대여비가 만원 텐트 치는 데 만원
누워서 끝없이 모래를 털고 털며 짜증을 냈지 바다에서
들었다
파돗소리 아이들 꺅꺅대는 비명소리 갈매기 울음소리 끝
없이 떠드는 취한 어른들 높아진 목소리 나는 모든 것들 동
시에 듣는다
결국 또 누워 있으려고 여기까지 온 걸까 시계가 갖고 싶
고 맛있는 것도 잔뜩 먹고 싶어 누군가에게 갑자기 말을 걸
고 운명처럼 친해지고 싶어 갖기 싫어 먹기 싫어 가까이하
고 싶지 않아 나는 찢어지고 찢어지는 나를 구경하며

아 재미있다 아 재미있다

모래를 털고 숙소에 들어서면 모래가 밟혔다 샤워를 하
고 나와서도 모래를 밟았다 이불 속에서도 서걱거림은 계
속되고

어쩌면 이런 계속도 나쁘진 않은 것 같아

티브이를 보며 어두운 방이 흔들리는 것을 보며

오늘 세상이 끝난다면 어떨까 습관적으로 말해보며

짠내가 섞인 끈적한 바람이 불어왔지 나는 어떤 기분으로
유효해질 수 있을까

그거 알아? 온도는 때로 망쳐놓는다는 거

바람이 나를 만질 때는 새들도 눈을 감고 내려앉는다는
거 누군가는 결코 끝까지 상자를 열지 않을 수 있다는 거 그
게 나라는 거

첫번째 손이 와서 이야기를 전해주었지 넌 이제 곧 알게
될 거라고 나는 여전히 모르고

두번째 손이 와서 함께 살자며 침대를 차지했지 어느 날
돌아와보니 새끼손가락만 베개에 놓여 있었고 나는 영문도
모르는 채 몇 계절을 헤매고

세번째 손이 왔을 때 나는 커다란 장갑 속에 손을 가두고
냉동실에 처박아버렸어 처음부터 손이란 걸 알았던 적 없

— 는 것처럼

기후는 비, 비 오는 바다는 썰렁하고 입수금지 우산을 쓰고 맨발로 해변을 산책했다 높은 파도
즐거웠어 너무나도
이제 이제 이제
나는 몇 번의 공로상을 받고 대출도 받았지 슈퍼에 가면 계란 우유 파 삼겹살을 사는 보통의 삶을 살고 싶었어 계속 이 계속되는 것을 바라보고 기록하는 생활이란
부엌에 서서 새우깡을 뜯어 먹으며 노트북을 켜고 신문을 들춰보는 손과 눈의 역할을
세상에서는 뭐라고 부르는지
재밌다 재밌다
아아 재미있다

돌아가면서 나는 약간 흥미로운 생각을 했어 너무 쉬워서 웃음이 나기도 했고 화도 났지
가르쳐주지 않을 거야
길을 빨리 달리면 생각은 속도에 맞춰 무성해지는 순간도 온다고만

베란다 문을 열자 물크러진 수박 위로 초파리가 잔뜩 날아다니고 있었지
—

청소의 날은 그렇게 시작되지　　　　　　　　　—

상자를 열지 않는 사람

일요일 아침

창백한 눈의 천사가 내려와
나의 이마를 짚어요

너는 목요일에 태어났으니
불을 만나겠구나
한 번의 마주침이 너를 영영 태워버릴 수도 있겠다

천사의 날개는 파랗고 투명해
염(殮)의 방식으로 빛이 되고 싶었던 적은 없는데요
어떤 미래도 알고 싶지 않아요!

말다툼을 하다 서로의 머리채를 움켜쥐고
이거 놔
니가 먼저 놔

이렇게 황당한 아침
결국

천사는 천사의 몫으로
나는 나의 몫으로
각자의 아침을 준비하고

완숙 계란과 반숙 계란
밥과 김치 콩나물국을 사이에 두고
마주앉았어요

나는 비가 오지 않는 나라에 대한
얘기를 했지요

천장 없는 무덤에 숨어사는 사람들
월급을 받을 때마다 몇 장씩 벽돌을 사
일생에 걸쳐 집을 짓는 사람

그 나라의 과일은 무척 달고
싸다는 것도 빼먹지 않았어요

어휴, 천국의 예의범절 같은 건 궁금하지도 않았어요
여긴 하늘나라가 아니에요!

언제가는 알게 될 거야
심술쟁이 고집불통

천사는 말하지만
예고된 건 결국 다 구멍투성이야

그게 고집이라면 나는 그럴 거라고

는
는
는

점선을 끌고 가는 창턱의 개미들

------ ---- ------

빈 시간

대체 무엇을
해야 하는지

어떻게 해야 지나가는 거죠
청소도 빨래도 없는
아이가 잠든 긴 밤은

영원히 기다리던 아름다운 순간은 따로 있는 것만 같아

는는는 는는는 ((날아가는)) 는는는 는는는

이게 내가 갈망하던 자유라고요?

술이나 홀짝이며 탕진하는
젖은 쥐 같은 꼴이

하하하

내가
배울 것이 더이상 남아 있지 않다는 게
사실인가요?

아직 아무 준비도 안 됐다고

눈처럼 챠챠챠 흩어지는
뼈처럼 뚝 부러뜨리고 싶은

마음
마음이라는 이 좆같고 애매한 말!

월요일 아침

천사가 잠든 방 문턱에서
나는 빽 소리를 지르고 말았습니다

그날 아파트 복도에 서서 천을 털고 있을 때

추락하는 것을 보고 말아서

끝도 없이 늘어나는 큰 천을 움켜쥐고

천사라며
사람이 떨어져 죽는 동안
잠이나 자고
대체 뭐냐고

그런 게 천사면 세상 사람 다 천사겠다고
날개를 쥐고 흔들며
욕을 했습니다

스스로 빨지도 못할 걸 몸에 두르고 다니다뇨

붉은 점

엎질러진 것이
얼마나 작아 보이던지

난간에 나란히 서서
하염없이 내려다보던

가장 큰 중력이 만드는 침묵을 이해해
모르고 싶은 것도
자꾸만 다 알게 돼서

천사와 나
한참 서 있다 한참 누워 있다
울고 말았습니다

너의 신성을 남에게 의탁하지 마!

심장이 깨져요

뽀각
뽀각

나 그냥 아무나 붙잡고 선생님이라고 부르면 안 돼요?

하루가 이렇게 시작돼요

전력 질주는 맹수의 습성

나무는 숲의 노래
문을 두들기는 건
비밀이 없기 때문이지만

만질 수 있었다면 다 사라졌을 거예요
그게 내가 불을 이해하는 방식이고
날개를 바라보는 가학이죠

태도는 오래전에 굽은 등을 뒤집어
섬을 만들었어요

단벌 신사야

천사는 어떤 냄새를 풍기나
그런 것을

목요일 밤에
마루를 닦았어요

계속되는 합(盒)에 지친 아이는 내일은 꼭
치킨을 먹자고 말했지만

우리 셋은 돗자리와 캠핑 의자를 챙겨 공원에 가요

우리 셋은 돌아가며 수건을 돌리고
우리 셋은 한동안 남이 됐다가
뙤약볕 아래 잠깐 하나였죠

날개가 있는 건 안 먹을 거야

는는   는는
  는   는
는는는   는는는
  는는는   는는는
          천사

고집불통 심술쟁이

나는 잠든 얼굴을 내려다보며
침대맡에 서 있었죠

갸걀 갸걀
이 가는 소리

천사와 함께 술을 마시고

천국의 밤은 어떤지

가르쳐줘

　　모든 게 같지만 착한 사람들이 모여 있다는 애긴 하지 말
아줘

　　일주일 중에 목요일 밤이 가장 길다는 말은
　　너무 희극적이야!

　　금요일 아침

　　는
　　는
　　는

　　이게 다 비(毘)의 준비운동일 뿐이라고
　　오늘을 말하진 말아줘

　　물이 끓어서

　　소복
　　눈 내리면 좋겠다

　　물이 끓고

물이 끓어서

는
　는
　　ㄴ_ㄴ

물이 끓고
물이 끓어서

존재하는 데 왜 이렇게 많은 지옥이 필요한가요
천국은 하나뿐이고
들어가는 문은 좁은데

아무 대가 없이 사랑해줄 수는 없어요?

생의 찬미

새가 난간에 앉아 울고 있었다. 괜찮냐고 묻는 친구에게 말했다. 나는 우주로 사라지고 싶어. *사라지지 마. 사라지지 마.* 창밖으로 우수수 떨어지는 낙엽. 어떻게 해야 어둠을 지고 나아갈 수 있을까.

난간에 걸려 흔들리는 차가운 숨. 펄럭이는 심장. 태어나지 않았더라면 좋았을 텐데. 심장이 하는 말. *들려? 들을 수 있어?* 어둠 속에 누워 오래도록 주파수를 돌리던 새벽이 문득 떠올랐다. 이제 그런 시대는 다 지나갔다.

나의 섬은 이제 깊은 구덩이 속에 누워 쏟아지는 눈을 바라보고 있다. *이렇게 나를 버릴 거야?* 내게 묻는다. 더이상 무엇도 아끼고 싶지 않아. 뼈처럼 울고 뼈처럼 살자.

어두운 동굴 속을 기어가다 죽은 사람의 이야기를 유튜브에서 보았다. 유해도 수습할 수 없었다고 한다. 기어갈수록 점점 비좁아지는 구멍 속으로 미끄러지며 그는 무슨 생각을 했을까.

2부

당신이 내내 뒤적인 건 나의 심장

비신비

신의 아이는 태어나서 울었다
그래야 한다고 배워서

검은 것은 멀리하고 되도록 식사시간에 늦지 않았다
인간을 흉내내는 것이 재미있어서

어머니,
오랜 시간 정성을 들여
한 가지 일을 이뤄내는 건 어떤
마음으로 가능한 일인가요?

모든 게 쉬워서

태어난 지 십 분 만에 일곱 딸을 두었다
어머니를 이해하고 싶었지만

아이들은 또 아이들을 만들고 있었다

신에게 새로운 규칙:
한 신당 두 신만 만들 것

신의 전당이 점점 시끄러워지자
신은 미래를 위해 전당을 백 배 넓혔다

태어난 지 삼십 분 만의 일이었다

*

검정 거울의 뒷면에는 숲으로 가는 계단이 있다

계단은 얼마간의 지성을 가진 사람만 발견할 수 있도록 프
로그래밍되어 있다

신으로 죽기 일 분 전에 세팅해놓은 것이지만
인간으로 죽을 때까지 찾아내지 못했다

존재 자체를 모르니 아쉬워할 수도 없구나

유한과 무한 사이가 이토록 멀어서
신의 기록실의 종이가 너무 커서

비신비

그애는 늘 소란스러웠다 복도 끝에서도 목소리가 들렸다
아름답다 아름다워 누가 저렇게 빛나는 숨을 모아 사람을
빚었을까 나는 질투에 눈이 멀어 탄식하며 한숨을 내뱉었다

재잘재잘 해변을 구르는 조약돌들처럼
꺄르르 수런거리는 한밤의 나무들처럼

아무리 들어도 질리지 않는다는 건 너를 위해 생겨난 말

*

기다리는 일은 길어지면서 그냥 하나의 상태이자 의식이
되었다 언제쯤 지나갈까?

듣고 싶다는 마음이
보고 싶다는 절박이

이렇게 투명해도 괜찮은 걸까

내가 아는 건 비밀이 될 수 없다는 사실이 슬퍼 나는 눈을
뜨는 순간 빛의 세계에서 탈락했어

얼굴을 가릴 수 있도록 긴긴 그림자를 덮고 잠들었다

이것이 나의 최선이라는 게

*

나무 뒤에 숨어 속으로 숫자를 센다

하나에 빛 둘에 너
하나에 창 둘에 너
하나에 섬 둘에 너

나는 천국과 지옥에 양발을 한 쪽씩 담그고 있어

내내 바라왔던 것을 마침내 발견했는데
어째서 기쁘지 않은 걸까?

시커먼 연못에 비친 얼굴 위로 돌을 던졌다
망가지는 것이 보기 좋아

이게 나고
너에게 어울리지 않아

또박또박 적히는 나의 새벽 연필 끝이 뾰족해질수록 뭉툭

─ 해지는 마음만 가득하다

*

개미들이 굴을 향해 일렬로 기어가고 있다
나는 돌로 개미들을 한 마리씩 짓이겼다

더이상 아무것도 궁금해지지 않는 날이 오면
그때는 죽어도 좋을 거 같아

찬란하게 부서지는 팔월의 빛 속에서
땀을 흘리며 중얼거릴 때

내 등을 툭 치며 너는 해사하게 웃고 있었다
뭐해?
그냥

그냥

*

펄럭이던 커튼 속에서 너는 천사처럼 보여 시간이 멈춘 것
만 같아 어둠 속에서 바라보던 천장 점점 낮아지던 천장 짙

─

어지는 어둠 속에서 떠올려보는 것들 믿었던 세계가 하루아 ⎯
침에 무너질 때 쥘 수 없는 것 날아오르는 하얀 새

　날아오르는 하얀 새

　입이 얼어붙을 때
　두 팔이 부러질 때

　멀리 학교는 처음 보는 커다란 주먹 같고
　아무도 모른다고 했다
　찾은 것은
　찾은 것은

*

검게칠해진일기장검게칠해진일기장검게칠해진일기장검게
칠해진일기장검게칠해진일기장검게칠해진일기장검게칠
해진일기장검게칠해진일기장검게칠해진일기장검게칠해진
일기장검게칠해진일기장검게칠해진일기장검게칠해진일기
장검게칠해진일기장검게칠해진일기장검게칠해진일기장검
게칠해진일기장검게칠해진일기장검게칠해진일기장검게칠
해진일기장검게칠해진일기장검게칠해진일기장검게칠해진
일기장검게칠해진일기장검게칠해진일기장검게칠해진일기

장겁게칠해진일기장겁게칠해진일기장겁게칠해진일기장겁
게칠해진일기장겁게칠해진일기장겁게칠해진일기장겁게칠
해진일기장겁게칠해진일기장겁게칠해진일기장겁게칠해진
일기장겁게칠해진일기장겁게칠해진일기장겁게칠해진일기
장겁게칠해진일기장겁게칠해진일기장겁게칠해진일기장겁
게칠해진일기장겁게칠해진일기장겁게칠해진일기장겁게칠
해진일기장겁게칠해진일기장겁게칠해진일기장겁게칠해진

*

길어지는 그림자를 떼어내 커튼 뒤에 숨겨두었어

신비와 아름다움이 어떻게 결속하는지 다 알게 되었기에

더이상 배가 고프지 않았다

망가진 것은 망가진 채로
망가진 것은 망가진 채로

듣고 있어?
죽어도 들을 수 있지?

잠(潛)

　보았니 우리의 절망 속에는 투명한 눈물이 있다 줄줄 흘러내리는 눈물 속엔 바다가 출렁인다 보았니 그런 것이 때로 얼마나 사람을 야멸차게 만들 수 있는지 알고 있니 나는 계단을 밟고 올라가면서 올라가면서 계속해서 끌어내려지는 감각을 버릴 수 없었다 해가 져서 발밑은 어둠뿐이고 모든 것이 너무 가까이서 들린다 가까워지며 흔들린다 이 섬에는 더이상 사람이 살지 않는다고

　말했지만 바다가 쏟아지는 얼굴
　파고는 우리를 어디로 데려가는지
　층층 놓인 빛을 꾹 눌러 밟으며

　멀리 오징어잡이 배가 보이니
　부서지는 수천 개 빛
　끌어당기는 힘이

　끝에서 돌아선 것은 너인데 네가 돌아간 뒤에 문을 닫아버렸다고 나를 손가락질한다 대체 내가 언제까지 열려 있어야 하는 거니 조개껍데기를 잔뜩 주워 와서 예쁘지 묻는 네가 싫었어 그래봤자 전부 죽음의 흔적인데 예쁘다고 해도 되는 거야? 우리가 가진 생의 감각이 겨우 그 정도라면

　나의 섬

—   나무들은 한 그루씩 차례로 넘어져
일시에 천둥처럼 우르르 쓰러져

그 아래 깔려 돌연
죽어버릴 수 있을까

오래도록 참아왔던 것이 있다 입 밖으로 내선 안 된다고
생각할수록 점점 커졌다 이제 나와 그것을 더이상 구별할
수 없다고

마지막 계단을 밟고 올라섰을 때 한 번도 예상하지 못했던

숨막히는 이차원의 창
활짝 열린 갈비뼈
그 사이를 비집고
날아오르던 새떼

보이니 네가 남기고 간 것이 내 목을 조르는 커다란 밧줄
이 되어 불타는 것이

죽 어 버 릴 거 야
죽 여 버 릴 거 야

—

세상 끝까지 따라가 바닥을 비추는 눈이 될 거야　　　　　—

마음의 창

종이에 꽉 차게 커다란 네모를 그립니다

　　　토끼는 귀를 쫑긋거리며 기다려요

두 개의 선을 십자로 그어주세요

　　　기울어진 채 자라난 나무들
　　　공중에서 펑펑 터지는 초록

종이에 하나의 창이 생겼습니다

　　　노트를 펼치면 창이 열리고 그 안에는
　　　당신만의 안전한 옷장

　　　태풍이 웃어요

　　　나의 어깨도 함께 걸려 있게 해주세요
　　　어둠 속에서 얌전히 흔들릴게요

토끼가 지금 어디에 있는지 네모 칸 하나를 선택하여 적어
주세요

　　　핏속에서

얇게 빛나며 ─

내내 출렁이고 있었어요
모자를 썼다 벗었다
썼다 벗었다

토끼가 기다리는 것이 무엇인지 네모 칸 하나를 선택하여 적
어주세요

초록은 누가 잊은 기억일까
누가 버린 노래일까

밤의 나무들은 이따금 얼굴을 흩어놓는 불이었어요
막다른 골목에서 시작되는 추격이에요

꼭 닫아주세요
마음의 창

덜컹이는 은빛 바퀴 돌고 있는 창

언제나 열 수 있지만
아무때나 열리지 않게

돌고 있는 원
영원히 돌고 있는

당신이 내내 뒤적인 건 나의 심장
입을 열면 가슴속 토끼가 튀어나올까봐

토끼가 지금 어디에 있는지 네모 칸 하나를 선택하여 적어주세요	떠올라요 감전된 것처럼 부지불식간에 나를 치고 지나가는 波 마지막에 나를 밀칠 수 있는 건 너밖에 없어
초록은 일종의 비명이고 땅에 묻힌 모든 죽음의 합창 초록이 빛나는 건 아무것도 잊지 못해서	토끼가 기다리는 것이 무엇인지 네모 칸 하나를 선택하여 적어주세요

커다란 네모를 굴려주세요
돌고 있어요 끝없이
끝끝끝끝 돌고 있어요

가장 먼저 뜯어버린 첫

눈 위에 피가 떨어질 때

빨간 것이 나의 손끝에서 벌어질 때

다시 말해주세요

끝끝끝끝

폭주하는 기차

다시 말해주세요

                    돌아갈 때 꼭 닫아주세요

새나무

숲속에는 새가 열리는 나무가 있다

영글자마자 사람들은 날개를 꺾어
불속에 새를 집어던진다

맑은 물속엔 층층이 가라앉은 뼈
바람이 실어나르는 소문

뜨거운 살을 발라 네게 뛰어갔을 때
너는 쟁반을 엎어버렸다
나는 울면서 흙을 털어 살점을 내밀었다

곧 겨울이 올 텐데
눈을 끓여 풀죽을 먹고
어떻게 병을 이겨내려고 그래

숲의 새를 먹으면 눈이 먼다는 소문
가장 사랑하는 것을 잊게 된다는 소문
천천히 두 손이 굳어버린다는 소문

너는 무엇이 두려워 굳게 입을 다물었는지

빈 쟁반을 끌어안고 강을 건넌다

막 내리기 시작한 비가 수면을 두들길 때

나무 아래서
나는 기다린다

날아오르기 직전에 먼저
날개를 움켜쥐려고

픽션다이어리

창백한 나의 장면은 허공에서 시작된다
달

감정이 언어를 압도할 때 우리는 말을 잃는다

운다는 말은
눈물의 실제를
얼마나 가질 수 있어서

울다 사랑하다 아프다 같은 말들이 싫다

모래를 파내려가는데
아무리 파도 모래뿐이어서
모래를 두고 모래다 하고
모래모래모래 하고

다시 보면
모래라는 말은 모래에 대해
아무것도 모르는데

낭떠러지

계피

검고 검은 결혼식

나는 가끔 신과 유사하고 모든 것을 동시에 보고 겪는다고

한참을 멍하니 앉아 탐스러운 황도의 냄새를 맡는다
달고 물크러질 것 같은

새로 산 침대 새로 산 세탁기 새로 산 냉장고
……반짝이는 티스푼들
이렇게 많은 새것이 한자리에 있는 건 처음 봐

신혼부부
신혼생활

아름답고 황홀한 냄새

나는 병을 사랑했다
더이상 아프지 않을까 무서워서 울었다

달에는 기지가 있고

발은 흙속에

손은 얼음 속에
머리는 불속에
둔 채

뒤집힌 풍뎅이 같다
징그러워

그런 말을 우물거린다

나를 본다면
직전이라는 말이 떠오를 것이다

날아오르는 새들

이제와 같이 항상 영원히
이제와 같이 항상 영원히

내게도 달이 있고
차가움과 뜨거움을 동시에 안다

믿지 않겠지만
빈다는 게 얼마나
사람을 부러뜨리는 일인지

안다
안다는 게 얼마나
어려운 일인지도

나를 지켜주지 마

엑셀을 밟는 건 오른발
뛰어오는 소를 피하는 것도
나야

너는 맹세 때문에 수수에 빠져 죽을 거니까

떠나자고 하지 마

장갑을 벗는 건 내 몫이고
내가 원할 때마다
나는 다
불살라버릴 거니까

달

기록된 절망과 기록되지 않은 절망 사이에는 강이 흐른다

— 기다란 막대기 기다란 막대기 왼발 다음 오른발 믿음이 없
는 사람과 믿음이 충만한 자가 강을 사이에 두고 마주본다
강가는 비옥하고 풀은 높다 왼발 다음 오른발, 왼발 다음 오
른발 발 한쪽이 혼자 뭘 할 수 있겠어 믿음이 충만한 자 믿
음의 깊이에 휘청이는 자 강물은 푸르고 풀은 높다

　가장 좋아하는 건 마트의 통조림 코너 로고가 보이게 정
리된 선반 위 색색의 캔

　사람이 이 이상 다정할 수 있어? 묻지만 단 한 번도 원한
적 없어요

　손에 물도 안 묻히게 해준다는 말
　죽어도 함께 있자는 말
　전부

　내려다보는 것은 지루하다

　절박이 너무 커서
　아무 감정도 들지 않아
　한낮의 풍경을

　집안에 가두려 했던 것
—

나무 아래에는
무성한 잔디

잔디와 잔디

거봐

깊이 파인 운석공이 검게 물들어서

네가 본 것이 나이고
내가 본 것이 너라면

어둠은 어디에 자리하고 있어서

우리는 말을 잃고

달달달

쏟아지는 눈과 지워진 입으로

떨며

내가 알려준다고 했잖아
다윗이 신을 기쁘게 하기 위해
연주했던 선율을

내가 다 알려준다고 했잖아
그건 너의 말

몸을 잃어버린다는 건 기쁜 일

모든 곳에 존재하고 모든 것을 겪는다는 건
무엇 하나 진심인 적 없다는 것

그런 것도 가끔 산다고 하고
낡아가는 것과 함께
눕는 것

믿음이 흐르는 방향으로

달

흑과 백이 첨예하지 않다

앞면과 뒷면 사이에서
균형잡기의 나날

열린 팔의 형태로

발은 흙속에
손은 얼음 속에
머리는 불속에
둔 채

지워지지 않는 냄새 속에서
불을 만든다

그것이 내가 세상에서 배운
가장 분명한 기도

* 소와 수수, 장갑 이야기는 영화 〈드레스메이커〉(2015)에서, 다
윗과 선율 이야기는 레너드 코언의 〈할렐루야〉(1984)에서 착안하
였다.

피크닉

겁도 없이 혼자 여기까지 왔니
여자가 물었다

호수를 들여다보면
수면에 돌을 던지고 싶어져서

김밥을 가져왔어요
나는 대답한다

우리는 나란히 앉아
밥알을 조금씩 뜯어
물속에 던진다

동생은 잘 있고?
네
부모님은 건강하시지?
네

파문이 넓게 퍼지고
수면이 흔들리는 동안

가라앉는데 왜 떠오르는 것 같은지

묻지 못하고
개미를 눌러 죽이며
고개를 숙인다

다음엔 시내에서 보자
여자가 말한다

자전거를 타고 돌아오는 동안
주머니 속의 편지를 펼쳐보고 싶어서

간지러워
간지러워

전력으로 페달을 밟는다

사쿠라노 요루(桜の夜)

선생님 벌써 겨울이 가고 봄이 왔습니다. 빛은 뒤집히는 순간 가장 밝게 부서진다는 것을 이제야 알 것 같습니다. 몇 번의 시험을 본 끝에 저는 일본에 적응해 한 사람의 몫을 하게 되었습니다.

벚꽃이 둥근 봉우리를 밀어올립니다. 허공은 온통 두근거려요. 꽃잎이 벌어지는 순간을 처음으로 목격하게 될 것 같습니다. 훈풍을 맞으며 강가를 걷는데도 어느 때보다 깊이 서늘함을 느낍니다.

시를 쓰는 일은 그만두었습니다. 동이 트도록 책상 앞에 앉아 하나의 문장을 썼다 지웠다를 반복하던 날들이 이제는 꿈같습니다. 그때는 두 손을 깊은 숲속에 묻고 돌아와 새 손이 돋아날 때까지 아무것도 안을 수 없었습니다.

한 번 손을 포기할 때마다 한 편의 시를 얻었던 셈이지요. 어떤 때는 너무 간지럽고 아팠습니다. 하는 수 없이 어둠 속에 향처럼 꽂혀 타들어가기만 했습니다. 생각이라는 것이 무한히 가속되며 돌고 있는 미친 원 같았습니다.

선생님 세상의 모든 것은 한 자리에 있다고 늘 말씀하셨지요. 언젠가 그 말을 이해하고 싶었습니다. 미혹된 자는 굽은 등을 갖게 마련이니까요.

심장이 있던 자리에 한 마리 새를 키우게 되었습니다. 잠결에 날아와 둥지를 틀더니 나가지 않아서, 쫓아내려 애를 쓰다 그만 포기하고 말았습니다. 이름을 붙여주고 나니 이제는 이국의 유일한 식구가 되었습니다.

너무 아름다운 것은 때로 삶이 아닌 죽음에 육박한다는 것을, 한 번도 상상한 적 없는 채 살 수 있었다면 저는 달라질 수 있었을까요. 봄은 그토록 서늘하기에 유리처럼 빛날 수 있다고.

검은 튤립이 만발하던 계절

나는 머리를 잘랐습니다

눈빛은 다 이야기하고
나무는 어둠 속 초처럼 꽂혀 있어요

폭설이 내리던 밤
끓는 물을 들고 숲을 건너
집으로 돌아가던 길고 긴 밤

다 식혀서 가져오면 어떻게 하니
엄마는 등을 밀며 말했습니다

검은 튤립이 다 져버렸을 때

잎이 무성한 빛무늬들 속에서
나 하염없이 웃었습니다

끓고 있는 것을
멍하니 보고 있으면

빛은 다 보여줍니다
멍든 손을 주머니 속에 집어넣으며

엄마는 이제 됐다고 했지만

검은 튤립이 만발하는 계절
나무에서 자란 양들이
꿈으로 뛰어들어올 때

나는 머리를 풀어요
오래도록 그것을 놓지 않습니다

줄리 델피

새로운 여름은 비문증을 앓는 신의 고통이었고
모두 함께 그것을 지켜봤다

빛과 날개
숲이나 노래에 대해
침묵할 수 있도록
열대야는 열대야의 방향으로 열려
손을 돕고

검게 채색된 바탕에 최후의 입술을 그려넣으며

한 번도 가져보지 못한 슬픔이 없어서
이제 아무 방도도 없다고 했다

너는 신발을 꺾어 신고 간다
어느 곳에도 속하지 않은 미지를
실종의 메타포라고 굳게 믿었다

믿지 않을 도리가 없어서
흙을 파내려갔다

*

마트 안은 주말 장을 보러 나온 사람들로 가득했고
카트를 한 손으로 미는 일은 네게 쉽지 않았다

너는 네가 너여야만 한다는 것이 지긋지긋하다고
이해할 수 없다고

진열대가 주저앉으며 물건들이 바닥에 쏟아졌고
무릎 꿇고 통조림을 줍는 손을 뿌리치며
결국 울음을 터뜨렸다

사람들은 비켜가려고 애를 쓰며 카트를 돌렸고 통로는 금
세 수라장이 되어버렸다
 죄송합니다
 죄송합니다

아무것도 잘못한 게 없는데 계속해서 사과하고
이해하지 못할 것이 없어서

깨진 유리병에서 빨갛고 걸쭉한 것이 쏟아져 흘렀다

                              *

줄리 델피

— 줄리 델피

빵을 먹고 와인을 마시는

나의 천사

*

옆자리가 텅 비어서
고개를 숙이고 있을 수밖에 없었어

어쩐지 내게 지독한 냄새가 나는 것만 같아서

핸드폰만 만지작거렸어

이어폰을 깜박해서
하루종일 괴로웠어
모든 게 너무 잘 들렸어

이따금 집에 오는 길에 한 정거장 먼저 내려 걸어오곤 했지
어제는 다섯 정거장 빨리 내렸어
비가 쏟아지더라
우산도 없이 걸었어

낮은 하늘 검은 구름들은 신의 비웃음이라고
나는 누군가의 입속으로 천천히 삼켜지고 있었다고
그렇게 믿지 않을 도리가 없다고

풍경, 세차게 흔들리는 것을 본다
고개를 가로젓는 아이처럼

콩주머니
줄리 델피

차곡차곡 나이들어가는
콩주머니
줄리 델피

아름다운 싸움의 화신들

                    *

꿈

해변에 앉아
모래를

— 발로 차며

집으로 와
돌아와

신의 얼굴이 다섯 개 여섯 개 일곱 개 (……) 그리고 또

이것은 나의 피
이것은 나의 몸

기억하지 못하는 건 없었던 거니까

복수의 화자가 한꺼번에 입을 열고
각자의 말을 쏟아내서

아무것도 알아들을 수가 없었다고

꿈 꿈 꿈
끔찍한 꿈
아찔한 꿈
꿈 꿈 꿈

*

—

달리는 오토바이에서
풀썩 쓰러져

사랑과 진실을
연기할 수도 있다는 걸
내게 가르쳐준

줄리 델피

                    *

너의 화원이 밝으니 이제 총알이 떨어져도 좋겠다
겉모습과 속마음이 같으니

외팔로 풀을 치며
달려도

마땅한 초록이 따라오겠다

망가진 천국보다 온전한 지옥을 택하는
완벽주의자

놓칠 수 있는 것은 여름뿐이라서
신은 이번 기회에 낮잠이나 실컷 자야지
다짐하며 눈을 감았다

                         *

너는 복수의 화자를 꿈꾼다 했다
돌아누운 등을 바라보며
이미 시작된 것을 멈출 수 없다고

파내려간 끝에는 아무것도 없었다
만물의 중심은 비어 있으므로

이미 시작된 것을 멈출 수 없다고
이미 시작된 것을 멈출 수 없다고

평생의 복수

어제 봤니 그 기사

나쁜 일이 너무 많아 미친 것 같아
가끔은 또, 라는 말 속으로 다 휩쓸려가는 게
정말 싫다

질끈 동여 묶은 머리채가 어깨에서 흔들리고

칼을 잘 쓰게 된 건 다 돈 때문이야
말하며 웃는 여자

포마

태평양 한가운데서 갑자기 솟아난 땅
사람들은 그곳을 언익스펙티드 랜드라고 불렀다

너와 처음 만난 곳은
작은 서점이었는데
나는 손님이고 너는 주인이었는데

포기하는 마음
서점 이름이라기에는 너무 이상한 것 같기도 적확한 것
같기도 해서
기묘하게 마음이 끌렸다

포와 마 아래 작게 한자가 적혀 있었고
泡水 물거품으로 만든 망치가 그려져 있었다

그래서 나는 그곳을 거품 망치 혹은 포마라고 불렀다

섬에 대해 알게 된 건 거기서 발견한 한 책에서다
사람이 살지 않는 땅
꽃과 나무 신비한 동물로 가득한
빛의 땅

너는 그곳은 정말 있다고 말했다

나는 전부 허구라고 생각했다

거품 망치는 쓸모없잖아요
못 하나 박을 수 없을 텐데
내가 말했을 때 너는 웃었다
누군가는 이해할 거라고 말하며

마지막으로 서점에 갔던 날
문은 닫혀 있었다

내 이름이 적힌 엽서가 붙어 있었다
나는 그곳으로 가요 찾아내고 말 거예요
단 한 줄 적혀 있었다

고개 들어 하늘을 볼 때면 문득
반짝이는 파도 속에서
작은 집을 짓고 혼자 앉아 있는 네가 떠오르고
어쩌면 나는

불가사의한 믿음을 갖게 되었다

수지(壽指)

　너는 눈을 크게 뜨고 말했다. 이제 손 놔, 나는 흠칫 놀라 네 손을 놓쳤다. 한겨울 눈 쌓인 벌판에서. 사방을 둘러봐도 온통 눈밖에 없어서 도무지 여기가 어딘지 알 수 없는 곳에서.

　점점 멀어지는 네 뒷모습을 바라보고만 있었다. 따라가면 안 될 거 같아서. 그런데 이제 나는 어디로 가야 하지? 한참 멈춰 있다 돌아서서 걷기 시작했을 때
　해가 지고 있었다. 멀리 붉은 노을은 감은 눈 속에서 번지는 고동 같았다.

　눈 속에 누워 있으면 온몸이 불타는 것만 같다. 기다리며 잠 속으로 미끄러져들어갈 때, 네가 돌아와 어깨를 흔들어줄 거라고 그런 음악 속에서 희미해지는 청력으로 가까스로 빛날 때 나는 조금씩 지워지고 있는, 신이 그린 그림 속 잘못된 붓자국 같아. 뜨거워 너무 뜨거워서 차가워.

　누군가 내게서 나를 불러내느라 애를 쓰고 있었다. 드디어 네가 왔구나, 기쁨에 가득차 눈을 떴을 때 목격한 것은 어깨를 물어뜯고 있는 늑대였다. 눈 위로 피가 번지고 있었다.

　그때부터 왼손으로 사는 법을 다시 배웠다. 조금만 늦었으면 패혈증으로 죽었을 거라고 무사한 게 기적이라고 의사

는 말했지만 기적의 의미를 알 수 없었다. 다행이라는 말을
들을 때마다 사람들의 뺨을 내려치고 싶었다.

보라색 꽃이 창밖에 피었다. 눈은 온데간데없이 녹아 사
라지고 나무둥치에 박아두었던 도끼는 자루가 썩어 빈 날만
낮 동안 반짝인다. 그때 네 뒤를 쫓아갔다면 어떻게 되었을
까. 가끔 궁금했다.

손을 놓는다는 게 영영 손을 잃어버리는 일이 될 수도 있
다는 것을 미처 알지 못해서. 뜨거운 입김이 피어오르던 눈
밭의 한기를 다 잊지 못해서. 기적(奇蹟)이 기이한 자취라
는 것을 알게 된 다음부터 너무 많은 것을 이해하게 되어
버려서.

마당에 어린 대추나무를 심었다. 잎들이 작은 동전처럼
반짝거리는 것을 보고, 수지(壽指)라 이름 붙였다.

평균대 위의 천사

1
생각해보면 연필을 끝까지 쓴 적이 없다
나의 노래는 어디에 가닿나요?
너는 네 이름을 적고
나는 혼자 베란다를 서성이며

빈 의자에 아무도 앉지 말아요
애초에 비워두려고 산 거예요

어딜 가도 이름이 적혀 있어
꼼짝도 못하고 빨래를 한다

아름다운 내 딸아
세상은 지옥이란다

꼬리뼈와 날개뼈를 보고
한때 인간이 천사였다고 믿는 딸

오늘은 머리를 침대에 둔 채
어항을 쓰고 나왔다
물속에서 보는 세상이 좋아

길고 긴 산책이었다고 적고

노트를 덮어버리면 될까
그러면 완성되는 그림이 있나요

한눈판 사이에 놓쳐버린 게
무엇이었는지 깨닫는 날

수건을 털어 널며
비움과 채움 사이를 오가며
시간을 흘려보내는 게 사람의 일이라고

종이를 내려다보며 생각했다

2
오해와 어울리는 계절은 겨울이다
뽀족한 연필로 꾹꾹 눌러 적던 마음이
뚝
부러진 건 전부 눈 때문이다

나의 노래는 0과 숲으로 가득해서
시작도 끝도 없이 반복되는 것이라고
믿으려 해도
잘되지 않았다

온종일 양파를 썰고 약한 불에 볶기를 반복했다
달리 어떻게 시간을 보내야 할지 몰랐기에

붉은 밤
침대에서 딸은 잠시 엄마가 되고
나는 세 번 죽었다가 네 번 살아났다

마지막에는 정지 버튼을 눌러
로봇이 된 딸을 껐다

창문을 열고 베란다에 서 있으면
풍경은 갑자기 쏟아져들어오며
가슴을 친다
불빛들 불빛들

자꾸만 증거를 찾으려는 오래된 습관이
나를 망치고 있는 것 같아

녹아내린다

숲, 0, 숲, 0
숲, 0, 숲, 0

펑펑
쏟아지는데

지구가 돌고 있어서 그런 거야

3
엄마와 언니는 해독을 권했다
잠깐 베벌리힐스에 사는 내가 리햅에서
새사람이 되어 돌아오는 걸 상상했다

마치 몇 주 만에 스무디 몇 잔으로 모든 걸
돌이킬 수 있는 것처럼

영혼의 해독 주스는요?

가끔 사람은 사람을 너무 단순하게 여긴다는 생각이 들
었다
그게 구원이 되는 순간도 있겠죠

딸은 너를 나쁜 사람이라고 했다
우주에 없다 죽은 거다

처음부터 원했던 건 나인데

— 어항이 벗겨지지 않았다

아무 일도 일어나지 않았다
아무 일도

덮어도 가려지는 건 많지 않다
그걸 완성이나 종결이라 말해도 되는 걸까요?
아니죠 아니죠 아닌 거 알아요

이름을 지우고 돌아서면
왜 지워진 게 이름만이 아닌 것 같은지

내가 지우고 있는 게
진짜로 뭐죠
진짜
진짜로요

—

3부

이제 가느다란 뼈를 다 무너뜨려볼까

생일 축하해
―구유에게

초침이
두근거리는 소리
나는 어두운 식탁에 앉아
듣고 있었어

칫칫칫
쫏쫏쫏 그렇게 들려

고양이를 두고 온 사람에 대한
백 년 전의 소설을 읽었어
고양이를 둔 자리에 며칠 뒤
고양이를 찾으러 다시 갔는데
고양이가 없어서
우는 사람

생명을 이해 못해서
바보다 바보
나는 비웃으면서 읽었는데

이곳과 그곳의 시간은 다르게 읽히고
다르게 흐르니까 심장은
돌 속에 안전하고
계단도 없이 높아지고

백 년 전에는 그런 일이 있었대
심장을 돌 속에 둔 채
먼 길을 걸어갔대
영영 돌아오지 못할 길을

소녀의 손에는 작은 보따리가 들려 있었고
그 안에는 몇 통의 편지와 마른 꽃

새벽에 깨면 계속 이야기를 읽었는데
고양이는 사실 고양이가 아니라는 걸
깨닫기까지 너무 오랜 시간이 흘러버려서

반복해 읽기 시작한 뒤로
영원에 대해 생각하게 되었어
물고기 안녕

마침내 도착한 곳은
커다란 손
털이 난 손

굴뚝에서는 쉴새없이 연기가 피어올랐는데
멀리서 보면 물음표 같아서

—   높아지는 것에 골똘해졌어

생성의 비밀을 다 깨달으면
다음은 파괴일까
상자가 덜컹일 때마다
우수수 쏟아지던 날개들

소녀가 노파가 되고
땅에 묻혀
마침내 물고기가 되는 날
고양이는 돌아올 거래

그런데 있잖아, 생일 축하해
생일 축하해
중얼거리는 동안

이곳과 저곳이 비껴가며
찢긴 편지가
공중에 흩날리는 동안

시계는 째깍거리지
칫칫 칫칫
마치 끝을 아는 것처럼

—

진실은 구체적이다

기적의 나무가 새처럼 펄럭이며 울고 있었다

몇 번이나 번개를 맞았는데
그때마다 가지가 올라오고 새잎이 돋았다
간절한 것이 있을 때마다
찾아가 엎드려 빌었다

9

빛을 따라가는 창작자는 늘 함정을 만난다고 했다 움푹한
것이 더 큰 자유를 가져올 거라는 믿음은 전부 가짜라고 한
낮 나무 그늘은 커다란 풍선처럼

뭉텅이로 흔들리고 그러나
한 장 잎이 가지는 떨림은?

달려가는 것

98715

날개를 접고 내려앉는 긴 한숨

같은 얼굴 속에서
동일한 어둠이
줄줄 흘러내렸다

단말마 비명
경고
추락

미쳐버릴 것 같아
그러나 미쳐지지 않는다

8

너와 함께 누워 있으면 이곳은 물위를 떠가는 종이배 같
다 갈기갈기 흔들리는 다정한 빛 그리고 통증 창작자는 두
손을 숨기고 돌아눕는다 창작자는 늘 혼자이며 여럿이다 상
태가 지속된다 동굴

98715

여태까지 뒤쫓던 것

갈기갈기 웃는

나만의 천사

진심이 없을 때 우리가 가질 수 있는 태도는 두 가지예요

거짓을 말하기
침묵하기

7

내려다보는 사람이 지어낼 수 있는 슬픔만
흉내내자 오늘밤은 너무
차갑고 길어

못을 박는다/ 망치를 든 손/ 못을 고정시키는 손/ 내려치
는 리듬/ 리듬은 저절로 생겨나고/ 두들기기 두들기기/ 이
토 록 즐 거 운 일 은 없 어

사람 가운데는 여포
말 중에는 적토마

멈추지 마 멈추면 죽는다

이 손을 잡을까

저 손을 잡을까봐
잡았다 놓기 즐 거 워

접속 불량
접속 불량의 삶

여포

98715

달리는 것은 모두
자신을 벗고 싶어하지

1

떨어지는 것이 만들어내는 소리
아름다운 중력
불속에서 뼈가 부서지는 소리

잠시 시인이었던
잠든 나의 천사

너만 볼게 맹세한 다음

곧바로 맹세를 저버리기

천사에게 추락은 예비된 착지와 함께 오는
준비운동일 뿐이었나요

그렇다면 영원히 눈뜨지 말아요
깨끗한 것을 줘요

불속에서 추는 왈츠
스러져 재가 될 때까지
끝나지 않는 춤

물속에 담근 두 손이 새파랗게 물들 때까지
빛을 따라
빛을 따라

달리다 결국 넘어지겠지

나에게 힘을 주세요

함께 있을 때
눈감을 힘을
또한

홀로 있을 때
눈감을 힘을

더이상 아무 힘도 없을 때

동굴
동굴

길어지는 그림자가 전부인
칠흑 속에서
단말마 비명 끝없는 웃 음 소 리

98715

기웃거리지 않고 깨끗하게
도려내

죽어버려 나의 시인

5

거꾸로 문장을 짚어 올라가다보면

만나게 되지 결국
자유라는 장막 뒤에 숨겨진 것

비 오는 밤
투명한 고목은 피를 토한다

온몸에 빼곡히 못이 박혀 있다

98715

창작자는 붉은 천으로 몸을 동여맨다
원념은 사라지지 않는다

   悲: 덜컹이는 하늘 흙속에 누워 올려다본 것은 떠오르는
한 그루 나무였다

   嗚: 추락 구덩이에서 가지가 올라오고 싹이 돋는다 피와
살을 빚어 만든 작은 깃털

날아오르는 영혼은 모두 소란스럽다

* 진실은 구체적이다(Die Wahrheit ist konkret): 브레히트의 서재
천장 대들보에 적혀 있던 말. 내 방 창틀에 십 년 동안 적혀 있던 말.

진실은 구체적이다

얼굴을 가린 두 손의 뜻은 숲이라고
말하고 싶지 않은데
자꾸만 손안에서 우거지는 그림자
기울어지는 유리병 속 모래알들

나 이제 영영 잃어버렸나봐
그러모은 것은
유령, 불, 파도뿐이어서
아무것도 만들지 못했다

이게 다 기만이라는 생각만 들어
나의 착한 개는 한자리를 끝없이 돌고
매일 같은 것을 먹고도
내내 예쁜데 그것을

감사하는 마음이 너무 쉬운 것 같아
미안했다 부서지는 시월의 창

낮은 구름들
더 멀리까지 갈 수 있다면
사라질 수 있다면

뒤집힌 채 흔들리는 것은 전부 눈물이야

어둠 속에서는 그림자가 생기지 않는다고 믿어서
내내 웃을 수 있었다

눈구멍을 뚫고 자라는 나무들
뺨을 뚫고 자라는 하얀 꽃들

투명한 불로 옷을 지어 입을까봐

빛이 있다고 쓴 다음 지웠다
계속되는 투명을 견디는 일은
조금씩 죽는 거라서
당도한 곳은 마침내 빛이라는 걸
다 알아버렸기 때문이다

명일(命日)

누구나 태어날 때 한 권의 책을 갖고 태어난다고
할머니는 자주 얘기했죠

눈뜨면 펼쳐지는 창

첫 장에는 절망에 대한 메타포가 가득했어요

섬은 바다가 잊은 꿈이라서
오도 가도 못하고
멈춰버린 춤이란다

영원히 한 동작만을 반복하는
뒤집힌

어떤 페이지는 너무 무거워서 넘길 수가 없고

쌓아두기만 하면 결국 무너진다
할머니 말이

문득 떠올라서 시월은 더 차가워져요

맨발로 찾아간 날에는 꼭
양말을 신겨주던

우거진 숲에서

삐죽삐죽 자꾸 자라나던 건
읽을 수 없는 글자들

넌 커서 선생님이 되어야 해

나는 지옥에서 자라 마지막 장부터 다시 썼어요

가라앉는 섬에 앉아 하루종일
입술을 가위로 오려요

뒤집힌 창에서 쏟아지는 눈발
아직 눈이 오려면 멀었다고 했는데

파도는 섬을 뒤적이며
자꾸만 비밀을 이야기하죠

할머니 있잖아
나 선생님 소리 많이 듣고 살아

이제 낱장으로 뜯긴 페이지들은 전부 녹아내려도 좋아요

앙망

눈먼 짐승을 돌보는 착한 사람을 생각했다
걸어들어갈수록 모호한 것이 있다고 믿기에
의심하기를 멈출 수 없었다

붉은 실을 올려다보던 밤이 자꾸 떠올랐고
올가미에서 내가 본 것은 어떤 얼굴이었을까

멈춘 채 돌고 있는 것

마주보는 두 사람
서로의 목을 조르는 두 사람

차가운 빗속에서 무너졌던 일
흔들리던 파도가 잊히지 않아

물속에는 아직 있다

*

여러 명의 화자가 등장합니다
여러 시간대가 뒤섞여 있습니다

한 명의 화자가 얼굴을 바꿔가며 이야기합니다

130

아무도 울지 않아 ─
　　아무도

　　그러니
　　이제
　　가느다란 뼈를
다 무너뜨려볼까

─

나의 신

나는 몇 번이나 죽음 앞에 맨발로 섰다

나의 신 안에는 신이 나의 신 안에는 신이 나의 신 안에는
신이 나의 신 안에는 신이 있다

(중략)

신과 신과 신과 신과 신과 신과 신과 신

신과 신은 마주보는 거울이다

연약한 희망

희망과 함께 오후의 테라스에 앉아 차를 마신다

어젯밤에 나 꿈을 꿨어
차가운 계단에 앉아 내내 기다리는 꿈

희망은 말한다

나는 머그컵에서 피어오르는 김을 바라본다
주먹을 꼭 쥐고 고개를 끄덕인다

할머니의 기억

　가장 처음의 기억은 전쟁이 났을 때 엄마 손을 잡고 한참
을 걸었던 일. 무너진 집에서 연기가 쏟아지고 나무들이 불
타고 있었다. 얼마나 걸었는지 얼마나 더 가야 하는지 엄마
는 대답해주지 않는다. 엄마는 자꾸만 눈을 훔치고 나는 뛰
듯이 걷는다. 그런데도 자꾸만 더 빨리 더 빨리, 나를 채근
한다. 발이 아파요. 목이 말라요. 눈이 감겨요. 손이 부서질
것처럼 아팠다.

　말을 삼키며 종종걸음을 치며 땅만 봤다. 공포는 말하지
않아도 전해졌다.

정말 신이 있었다면 세상이 이 지경이지는 않았을 텐데

나의 창은 신을 향해 열려 있습니다. 당신의 목을 조르는 밤. 기도는 계속됩니다. 신이시여 이것이 나의 미래, 당신이 바라보는 속된 인간의 참입니다. 그럼에도 끝까지 나를 사랑하실 건가요?

헛소리하지 마세요

내가 받은 대답입니다. 내가 상상한 대답입니다.

Visible Feeling

꿈을 꾼 다음날에는 세상이 달라 보였다

할머니의 유년

걷고 걸어 도착한 곳은 산이 있고 아주 커다란 물이 종일 왔다갔다하는 곳이었다. 바다라고 했다. 물거품이 바위에 부딪혀 부서지는 것을 보았다. 이렇게 많은 물이 있는데 세상은 왜 불에 타야 했을까? 엄마는 종일 나가 남의 집 빨래와 설거지를 했다. 돌아올 때는 보자기에 냄새나는 것들을 꽁꽁 싸가지고 와 햇빛 아래 펼쳐놓았다. 윤슬을 하염없이 보고 있으면 눈물이 난다. 앞집에서 키우던 백구가 생각난다. 그렇게 힘들게 왔는데 엄마는 왜 이곳을 싫어할까? 엄마는 바다까지 나를 찾으러 온 날마다 발바닥을 때리며 다신 가지 말라고 했다. 나는 물어볼 수 없는 질문들을 베개 아래 둔 채 잠이 들곤 했다.

Perfect Chemistry

횡단보도를 건너며 녹색불이 깜박이는 것을 볼 때
잠든 얼굴을 내려다보는 새벽 시간이 멈출 때
둘이 듣던 노래를 혼자 들을 때

지옥은 여기 있다. 이미 하나라서 하나가 될 필요가 없다.
언젠가 구원받을 거야.

죽을 때까지 살아 있어
죽을 때까지 살아 있어
지옥의 뜻

어둠 속에서 깨어난 두 사람이 손을 잡고 걷는다. 신과
신. 멀리 깜박이는 작은 빛을 향해 홀린 듯 다가가기. 다가
가기. 다가가기.

마침내 다다랐을 때
우리가 좇던 빛이 단지 CCTV 빛이었다는 것을 알게 됐
을 때
붉은빛이 명멸하며 흔들릴 때

세상에 우리 둘뿐

今

지옥에는 돈이 있다

지옥의 집값은 비싸다

그만

꿈속에서 너는 말한다
꿈속에서도 너는 아니라고 한다

반복되는 꿈속에서 이건 꿈이야 되뇐다
몇 번을 겪어도 익숙해지지 않는 것이 있어

희망과 함께 손을 잡고 걷는다
나 있잖아, 더이상 살고 싶지가 않아

희망의 손을 꼭 쥔다

말하지 마
말하지 마

괜찮아지는 건 아무것도 없다

새할아버지

엄마는 말했어요. 이제 아저씨 아니야. 아빠라고 불러. 그
날부터 아저씨는 아빠로 변신한 걸까요? 달라진 건 하나도
없는데 갑자기 다정해지는 게 있나요? 아빠. 아빠. 낯설어
서 몇 번이고 입속에서 굴려보던 말.

아빠

나는 달음질치고

천지만물이 다 그러하듯 나도 그러해요
나도 그러해요

갔던 것이 돌아와요
밤이 와요

앙망

　나는 기다리는 사람. 천 개의 고개를 넘고 만 개의 강을 건
너 찾아가는 사람. 지옥에서 돌아온 맨발의 처녀.

　잘 다녀왔어

　네가 아는 것을 나도 안다는 사실이
믿기지가 않니?

　양손에 불을 쥐고 뻔뻔하게 폭소를 터뜨리는
나

小望

희망은 깨끗하다
한 번도 살아본 적 없는 것처럼

하지만 이건 그냥 소망일 뿐이에요

Grandmother's HOME

엄마는 이제 자꾸 바다 보러 다녀오라 해요

발바닥이 따끔거리고 온몸이 간지러워요

나는 언제까지 술래예요?
다 찾아내면 돌아누워도 돼요?

신의 입장

천사의 날개는 불로 만들었다
지옥불에 달군 쇠를 억만 번 두들겨서 만들었다

줄줄줄
내가 쏟아지는 소리

빛의 칼로 귀를 자르고
들여다본다

간결한 오늘이 좋구나
가져오렴 빛과 창

내내 열려 있던 그것을

적색 광선

손바닥이 까맣게 될 때까지
모래를 파내려가는 아이

밤새 한 곡의 노래를 반복해 들으며
책을 읽는 소녀

미친듯이 러닝머신 위를 달리는
빗속을 헤매는

젖은 어깨가 무엇을 의미하는지
옷을 벗어 세탁기에 집어넣을 때까지
깨닫지 못했다

그런 일은 쉬워서
몇 번이고 반복할 수 있지만
아주 천천히
망가뜨릴 거란다

도착한 다음에야
비로소 땅을 밟을 수 있는 것처럼

물론 우린 구글맵을 켜고 어디든 내려다볼 수 있는 신의
눈을 갖고 있지

충분하다고 믿니

단 한 번도 문득 떠오른 것을
그림자처럼 종일 끌고 다닌 적이 없다는 건

가난한 거야

보리가 익어가는 금빛 속에서
올봄에 싹들을 꾹꾹 밟던 일이
떠올랐다

한 곡의 노래를 반복해 들으며

그래, 네가 원하는 걸 넌 얻지 못해
그치만 너는 나를 가졌잖아

언덕 위에는 플라스틱 나무가 있고
우리가 죽음을 맞이할 무대

기꺼이
그렇게

한 번도 외로워본 적이 없어서

—　　세상은 온통

　　반대쪽에서 보면 다른 게 있다

　　체리 씨를 손바닥에 뱉으며
　　이 안에 무엇이 있는지도 모르고

　　몰라서 끝없이 파내려갈 수 있어
　　검은 손의 아이가 웃었다

　　이제 갈래 가서 와인 마시고 노래 들으면서 누워 있다가
　　잠들래
　　너의 나쁜 점을 곰곰이 생각해보다가 난감한 얼굴이 돼
　　서 잠들래
　　같이 듣고 싶다는 말 안 하고 공유도 안 하고 혼자 듣다가
　　새빨간 얼굴로 잘래

　　이제 다시 연락 안 해도 돼
　　아무렇지도 않아

　　잘살아
　　잘살아
　　잘

　—

살아

그런 일이 어려워
끝없이 돌아가는 장면

이미 망가진 것을
내내 손에 쥐고 있었다

나는 너를 망가뜨릴 거란다
나는 너를 망가뜨릴 거란다

플라스틱 심장에 대고
맹세해

향기

나의 점심은 네게 한밤이었다
전화를 걸어 잠이 오지 않는다고
자꾸만 무서운 생각이 난다고

어린 새처럼 너는
칭얼거리곤 했는데
그럼 나는 가끔
좋은 시를
때로는 노래를
읽어주기도 불러주기도 했다

지나갈 거야 오늘밤도
매일 아침에 해가 뜬다는 거
어쩐지 기적 같지 않니

어젯밤엔
어김없이 아침이 찾아오는 게 지옥 같다고
적어놓고
오늘은 네게 그런 말을 했다

유리를 관통해 들어오는 빛이
심장을 쩌르고
눈을 부릅뜬 잎사귀처럼

나는 말하지 않았다
커튼을 치고
식탁에 앉아
낮은 목소리로 시를 읽고

듣고 있어? 좋지?

물속에 잠겨 있는 것 같아

취한 목소리로 너는 훌쩍거리며
이야기하곤 했지만

점심은 빛과 어둠이 나란한 페이지

펼칠 때마다 눈을 감았다

만나서 시쓰기

딸꾹질이 멈추지 않는다. 아주 오래도록 몇 번이나 한 장면을 돌려봤는데. 함께 소파에 앉아 밤이 새도록 도시의 설계도를 읽어내며 눈물의 집을 만들었는데. 믿을 것이 너무 많잖아. 그치. 각자의 방에서 가장 긴 실을 한 뭉텅이씩 가지고 오자. 너는 빨강 너는 초록 나는 검정. 우리 셋은 각자의 믿음을

각자의 방식으로 포갠다. 더 높아질 수 있을까? 더 두꺼워질 수 있을까? 건너편 산 위에 올라가서 봐야 할 정도로! 우리가 강을 건널 수 있는 배가 되면 좋겠어. 서로의 실을 섞어 바느질하고 매듭을 묶는다. 때론 엉켜버린 더미를 무릎에 올려놓고, 골몰하고 안도하며 아침이 올 때까지 거꾸로 된 책을 읽었다. 동시에 소리내어. 그럼 우린 시작으로 가득차고.

멈추지 마. 각자의 손에는 가위를 들고. 오후엔 바깥에 나가 거리, 사람, 나무, 구름 들을 오려가지고 돌아왔다. 봐! 구름에 나무가 심겨 있네. 사람의 눈에서부터 거리가 쏟아진다! 나는 입술을 오려 하얀 케이크 위에 붙였다. 무지개를 향해 촛불을 대신하는 건 중단된 피. 남은 몸은 바닥으로 쓸어버리고 뒤집힌 칼을 달 속에 심는다. 너는 빨강 너는 초록 나는 검정. 영원히 완성되지 않을 장면을 따로 또 같이. 늘 파도에게 팔다리를 달아주고 싶었어. 회전문 속엔 돌고

있는 프렌치프라이. 뒤집은 건 결국 뒤집지 않은 것과 같으
니까 이건 아무 변형도 아닐걸? 너는 말한다. 괜찮아. 무언
가를 바꾸려고 시작한 거 아니니까.

　우린 늘 사랑에 대해 이야기하지. 사랑이 아닌 것도. 손이
바빠 머리가 멍해질 때까지. 우물거리며 고기와 와인을 먹
고 커피를 마셨지. 나는 너희와 함께 있을 때 가장 똑똑해
진다. 아직 완성되지 않은 장면들을 돌려보며 팝콘처럼 터
지는 웃음, 열매처럼 뚝 떨어지는 눈물. 계속해봐! 더 해봐!
서로의 등을 밀며 기차는 달린다. 너는 빨강 너는 초록 나는
검정. 모든 게 멋지고 더할 나위 없이 좋다. 하나의 옷을 돌
려 입으며, 나는 가끔 무한히 길어질 수 있을 것 같아. 말하
려는 순간 딸꾹질이 시작된다.

* 딸꾹질은 심장의 소리다. 입으로 쏟아지는 두근거림이다. 가끔은
모든 것을 능가할 수 있을 것 같아. 그리고 맞아 맞아, 가장 커다란
동의의 환호를 가득 매달고서.

153

커다란 배나무의 집

너는 전화를 걸어 말한다

비상계단에 앉아 있었다고
그때 처음 만났다고

새소리가 들렸는데
너무 가까워서 깜짝 놀랐다고

어쩌면 휘파람일지도 모르는데
뒷모습을 보며 얼굴을 그려보는 일이란

그동안
대리모로 아이를 낳고
한참 떨어져 살다가
아이를 다시 납치하는 여자에 대한 소설을

나는 썼다
정확히는 쓰다 말았다

강연을 가서
사과 한 알 속에는 우주가 있다고 이야기하고
돌아오는 길에는
루의 음악을 들었다

시에 대해서 오래 생각했다
시에서 시에 대해 이야기하는 것이
너무 지긋지긋한데도

시밖에 생각이 나지 않아서

시를 전부 물고기로 바꿔버리면 어떨까?
차라리 나을 거다

아이의 가방에
핼러윈 의상을 챙겨넣으면서
어떻게 하지

마음이라는 것에는
색도 향도 무게도 없는데

떠도는 마음

죽음이라는 말은 죽음을 모를 때만 쓸 수 있었다
모두 얼굴 아래 불을 숨겨둔 채

활활 타오르기를 기다리고 있다

얼마만큼의 시간이 지나야
말을 해도 되는지 알 수 없어서
어떤 말도
믿을 수 없어서
모든 것이 믿겨서

파도를 가지고 놀던 작은 손을 생각했다
몇 번이나 허물어지는 것을
다시 지어올리던
작은 손을 떠올리면

조금 숨을 쉴 수 있을 것 같았다

한번 발화한 것은
다시 말하지 않는다

한 번도 발화하지 못한 것은
절대 말하지 않는다

그런데도 할말이 있다
나는 시끄러운 사람이고
내가 싫었다

그래도 된다고 아무도 말해주지 않았기 때문에
그러면 안 된다고 아무도 말해주지 않았기 때문에

너는 전화를 건다
비상계단은 끝없이 길어지고
마술사의 모자처럼
계속해서 새가 솟아오른다

이제 그 모자를 버려
나는 말하고 싶다

소설을 마저 쓰고 싶다

가장 아름다운 혼

배가 불러오는 게 마냥 신기하더군요

그들은 뱃속의 아이에게 이름을 주지 않았어요
나는 E에게 여니라는 이름을 붙였죠

여니
그렇게 소리내 발음하면 어쩐지 그리운 느낌이 들지 않
나요?

*

새벽 세시경 배가 딱딱하게 뭉치며 저미는 듯한 아픔이 찾
아왔을 때 나는 종소리를 들었어요

아주 무겁고 맑은 소리가 났어요
뜻하지 않은 순간에 그런 소리를 만난 적 있나요?

그때 퍽, 소리가 나면서 밑이 따듯해졌어요
버튼을 누르자 비상벨이 울렸죠

*

모든 것이 철제로 이루어진 그 방에서 따듯한 것은 인간

뿐이었죠 힘을 줄 때 뼈와 살이 끊어지는 것을 느꼈어요 내가 온몸을 벌벌 떨자 간호사가 배 위로 올라왔어요 두 손으로 배를 꽉꽉 짓누르기 시작했죠

다시 눈을 떴을 때 팔에는 링거가 꽂혀 있고 배는 바람 빠진 풍선처럼 꺼져 있었어요 어쩐지 너무 춥더군요 너무너무

*

아무 이야기도 해주지 않았지만 묻지 않았어요 질문하면 안 된다는 걸 알았거든요 짐승처럼 먹고 마시고 흉터를 핥으며 회복에 힘썼죠

아무것도 모른다는 사실이 사람을 얼마나 비통하게 만드는지 당신은 모르겠죠

어쩌면 제가 가르쳐드릴 수도 있어요
가장 깊은 곳에서 더 깊은 곳으로 가면 달라지는 풍경이 있어요

*

물론 자주 생각했죠 여니를 한때 내게 가장 가까웠던 존

— 재를

　단 한 번도 만날 수 없었고, 앞으로도 그럴 거라는 거

　눈앞에 아른거리는 것만 같은데, 자세히 들여다보려 하면
흩어져버렸어요

*

　오도 가도 못하는 심정을 느껴본 적 있어요?
　온통 어둠뿐이라서 어둠에 어둠을 더하면 어둠인 그런
마음

　당신을 걸려넘어지게 하는 것이 있나요?
　있었나요?

　왜 그런 표정을 짓나요, 당신? 아니에요 전 단지 당신 뒤
에 쳐진 붉은 커튼을 보고 있었어요 거기 작은 얼룩이 꼭 심
장 같아서요

　웃음은 때로 강한 방어막이죠 가진 것 없이 스스로를 지
키려면 그렇게 돼요

—

가장 아름다운 혼

정말 조그마한 여자아이가 침대에 잠들어 있더군요 얼마나 작았는지 오 년이란 세월이 흘렀다는 게 믿기지가 않았죠 아이의 이마를 쓸어주고 속삭였어요 엄마야 여니야, 엄마야 눈을 뜨더군요 초점 없는 눈으로 저를 보더군요 태어나서 엄마라는 말을 처음 듣는 사람처럼

며칠 동안 집안에 숨어 우린 티브이를 함께 보고 빵을 뜯어먹었어요 아이는 단 한 마디도 하지 않더군요 화요일의 아이였던 거예요 그래서 살아남을 수 있었던 거죠 무엇을 보고 겪으며 자랐을지 짐작할 수도 없더군요 아이는 반은 동물 반은 인간 같았죠 자꾸만 침대에 오줌을 싸서 한동안은 기저귀를 사용해야 했어요 밤마다 이불을 빠느라 손목이 너덜거렸어요

여니는 수정 같다가 먹구름 같았어요 맑게 빛나다가 급격히 어두워졌죠

여니를 내려다보고 있으면 마음속에서 눈보라가 쳤어요

영원히 그치지 않는 눈이 있다는 거
아세요?

*

여니는 말간 눈으로 나를 올려다보고 있었죠 여전히 말을
하지 못하는 여니였지만 우리에겐 말이 필요 없었어요 눈빛
만으로 서로의 마음을 읽을 수 있었죠

여니가 처음 한 말은 '아니아니'였죠 언젠가부터 무언가
마음에 들지 않을 때 새처럼 고개를 흔들며 '아니아니' 하고
말하곤 했어요 그 작은 고갯짓을 보고 있으면 나는 어떻게
든 이 아이만은 지키고 싶어졌어요

작은 날개

지킨다는 건 가만히 곁에서 무엇도 망가지지 않게 아끼
는 거죠
무엇도 '아니아니' 하지 않게 하는 거죠

*

월요일의 아이에게는 고통에 대해
화요일의 아이에게는 언어에 대해
수요일의 아이에게는 기억에 대해
목요일의 아이에게는 전환에 대해
금요일의 아이에게는 빛과 어둠에 대해

토요일의 아이에게는 외로움에 대해
일요일의 아이에게는 망각에 대해

극단까지 밀어붙여 임계점을 높이는 방식으로
날개를 하나씩 꺾어
피로 물든 꽃다발을 만든 거죠

*

없는 것을 빼앗을 수는 없다는 게 슬퍼요
그렇지만 나는 비천의 전문가예요

가장 아름다운 혼

1

엄마 나는 봐요. 세계가 비틀린 육각형으로 기우뚱 회전
하는 것을. 그게 엄마 눈에도 보이는지 궁금해요.

사람은 언어로 생각을 한다는데 한 번도 말을 배운 적 없
는 나는
그전의 일들이 잘 기억나지 않아요. 그치만

사람은 언어로 생각한다는 말은 틀렸어요.
나는 냄새로 공기로 빛으로 생각을 했거든요.

결핍은 존재를 알아야 발생하는 거예요.
있는지도 모르는 것을 그리워할 수는 없으니까요.

*

엄마가 여니야 하고 부르는 순간
내 뺨을 만지고 등을 토닥이는 순간

세계는 천천히 돌기 시작했고
나는

절망을 배웠어요.

*

엄마

우리가 건넌 다리 아래로
파란 물이 넘실거리던 거

나무들 사이에 비죽 솟은 작은 버섯이
너무 깨끗해서 웃었던 거

참 이상해요, 그치?

*

분명하게 기억나는 건
차가운 쇠를 핥을 때의 피맛
종이가 넘어가는 소리

아주 천천히 움직이던
한 조각 빛을 만지며 놀던 오후

밤이면 참을 수 없이 가려워서

— 팔을 긁고 깨물던 일

2

내가 자라 처음 교복을 입고 등교하던 날 엄마는 아침으
로 소시지 야채 볶음, 감자볶음, 미역국을 차려줬잖아. 난
미역국이 너무 싫었어. 미끌거리는 걸 입속에 넣을 때마다
억지로 삼켰어. 매번 그랬잖아. 피가 맑아진다고. 피가, 맑
아지는 게, 뭔데?

학교는 너무 시끄러웠어. 나는 그때마다 마음속의 작은
문을 열고 하얀 방으로 걸어들어가는 상상을 했어. 거기서
사각거리는 이불을 덮고 고요하게 침잠하는 상상. 그게 나
를 구했어. 그런데 내 방은 너무 약해서 누가 툭 치고 지나
가기만 해도 와르르 무너져버렸어. 아무것도 모르면서 해맑
게 웃고 있는 애들의 입을 다 찢어버리고 싶었어.

*

결국 학교를 그만두고 집에 있게 된 날부터 엄마는 점점
말이 없어졌잖아. 그게 나는 좋았어. 좋은데 엄마가 슬퍼 보
여서 미안했어. 나를 미안하게 만드는 엄마가 미웠어.

불가능한 것이 너무 많아서
—

믿음이 생겨나듯

　세상에는 처음부터 잘못된 자리에 놓인 것도 있어. 제자리가 없으니까. 그런데도 그냥 거기 있어야 되는 것도 있어. 그걸 엄마는 모르는 거 같았어. 나는 가만히 누워서 생각했어. 가만히 누워 있는 거 말고 내가 할 수 있는 게 뭐지?

　빈집의 정적 속에서 가만히 떠오르는 것들
　비틀린 채 돌고 있는
　기울어진 풍경

　닫힌 유리병 속 순환하는 생태계

*

　난 절대 엄마가 되지 않을 거야

Why can't you love me?

아니 아니
새처럼
아니 아니

다정한 시
이재현

나는 백은선의 시를 좋아한다. 처음 읽은 시인이 백은선은 아닐지라도 시에 대해 말할 때는 백은선이라는 이름이 언제나 서두에 자리하곤 했다. 그런 내게 누군가 백은선의 시가 왜 그렇게까지 좋으냐고 묻는다면, 화자의 어조가 가진 힘과 자유롭고 아름다운 비약, 타인 앞에서 쉬이 내뱉기 어려운 감정을 있는 그대로 드러내는 고백의 태도가 나를 흔든다고도 말할 수 있지만, 나는 무엇보다도 백은선이 다정한 시를 쓰는 사람이라 좋다고 말하고 싶다.

매혹되지 않을 수 없었던 백은선의 첫 시집 『가능세계』(문학과지성사, 2016)의 한 구절을 나는 오래 곱씹어왔다. "내내 그렇게 있으면 세상의 모든 접속사를 이어 만든 커다란 이불을 덮는 것 같은 기분이 든다."(「고백놀이」) 이 말은 읽는 즉시 나를 포근하게 감쌌고, 또 내가 사랑하는 사람에게 이처럼 커다란 이불을 손수 만들어 덮어주고 싶다는 생각이 들게 했다. 나만의 '접속사를 이어 만든 커다란 이불'을.

물론 시가 다정하다는 것은 그리 유념할 만한 특성은 아닐 것이다. 하지만 백은선의 다정이 내게 고유한 이유는 그의 화자들이 오래 이어진 생의 괴로움과, 시에도 세상에도 마음을 둘 수 없는 상태를 여실히 고백하면서도 다정을 말하기 때문이다. 이 다정을 어떻게 말해볼까. 『상자를 열지 않는 사람』의 첫 시를 읽고 백은선의 다정을 말하는 데 이보다 더 적합한 시작이 있을까 생각했다.

너는 자꾸 귤! 귤! 소리치며 집안을 뛰어다닌다
귤 없어 귤 없어 나는 대답하는데

(……)

어느 날은 목욕을 하며
종말이 가까워졌다고 이야기해주었다
어른이 되지도 못하고 죽는 거냐고
묻는
입이 잔뜩 나온
너에게 거품을 묻혀주었다

(……)

밤이 너무 길구나
너는 도통 잠들 생각을 않고

이런 밤에는 눈도 잠이 든단다
세상을 먼저 재우고 나중에서야 잠에 든단다

(……)

귤

귤에 대해 생각하다
빛나는 심장을
쟁반에 담아
식탁에 올려두었다

눈뜨면 네가 제일 먼저 볼 수 있게

어느 날은
중력은 무엇이든 떨어뜨리니까
빛과 무관하게 나는 아플 수 있어서
다행인 날이었다

꽁꽁 얼어버린 빛이 있다
귤
전부 녹아버린 밤의 일이었다
　　　　　　　　　　—「숨은 귤 찾기—이선에게」 부분

　화자는 '이선'에게 말을 건다. 부제의 "에게"가 첫 행의 "너
는"과 곧장 맞물리는 그 가까운 틈이 편지를 떠올리게 해,
나도 편지를 읽는 '너'를 바라보며 조마조마한 마음이 된다.
"자꾸 귤! 귤! 소리치며 집안을 뛰어다"니거나 "어른이 되
지도 못하고 죽는 거냐고" 말하는 걸 보아 '이선'은 어린아
이구나. '나'는 "입이 잔뜩 나온/ 너에게 거품을 묻혀"주고,

'너'를 위해 "빛나는 심장"을 "식탁에 올려"둔다. 그렇지만 '너'와의 시간은 매 순간이 흥분과 고양의 연속일 수만은 없는데, "밤이 너무 길구나/ 너는 도통 잠들 생각을 않"는다고 느끼면서도 "이런 밤에는 눈도 잠이 든단다/ 세상을 먼저 재우고 나중에서야 잠에 든단다"라며 자장가 같은 말을 건넨다니. 이 다정함에 왜 내 눈도 같이 감기는지.

"중력은 무엇이든 떨어뜨리니까/ 빛과 무관하게 나는 아플 수 있어서/ 다행인 날"이라는 말은 부재 이후의 시간을 가늠하는 아픈 마음만 같다. 중력은 귤을 떨어뜨리고, '너'는 발돋움을 하거나 사다리를 빌리지 않아도 귤을 주울 수 있을 것이다. 그렇다면 "다행"이지만, 그런 '너'의 모습을 생각하면 '나'의 가슴 한구석은 '빛'처럼 "꽁꽁 얼어버"리지 않을 수도 없다. 그때 주문처럼 외워지는 "귤", 한 글자의 행. 그 말에 '나'가 바라보고 있던 얼어버린 정경은 "전부 녹아버린 밤의 일"이 된다.

그런데 "중력은 무엇이든 떨어뜨리니까/ 빛과 무관하게 나는 아플 수 있어서"를 과연 이대로만 읽을 수 있을까? "나는 병을 사랑했다/ 더이상 아프지 않을까 무서워서 울었다"(「픽션다이어리」)는 고백처럼 실로 백은선의 화자들은 오히려 고통을 적극적으로 추구하기도 하는데. "아름다운 순간"을 "영원히 기다리던"(「상자를 열지 않는 사람」) 화자들은 "아름다운 중력"(「진실은 구체적이다」)이 떨어뜨리는 것들을 바라보며 "너무 아름다운 것은 때로 삶이 아닌 죽음

에 육박한다는 것을"(「사쿠라노 요루(桜の夜)」) 깨닫는다. 그렇다면 「숨은 귤 찾기—이선에게」의 마지막 부분은 고통이 야기하는 자유의 역설과, "신비와 아름다움이 어떻게 결속하는지"(「비신비」) 이해한 화자가 시쓰기를 통해 신비와 아름다움에 맞닿는 권능을 실감하는 장면이기도 한 것이다. 그런 화자 앞에서 '빛'은 무력해지고, "전부 녹아버린 밤의 일"은 일상세계의 붕괴로서 모습을 달리 한다.

　이와 같은 해석의 분화는 의미의 연결고리가 의도적으로 단절되면서 발생한다. 그리고 백은선에게 의미의 단절은 양가적인 의미를 함께 끌어안는 태도를 의미한다. 고백하자면, 『가능세계』를 처음 읽었을 때 백은선의 시어들을 정확하게 파악해내고 싶은 마음에 솔 크립키의 『이름과 필연』(필로소픽, 2014), 가라타니 고진 『탐구 2』(새물결, 1998)의 '가능세계'와 '고유명' 개념으로 독해하려 노력했던 적이 있다. 크립키는 고정 지시어로서의 고유명이 관통하는 가능세계를 가정하는데, 개체를 대하는 주체의 태도에 초점을 맞추는 고진의 '고유명'을 통해 일반명사도 고유명이 될 수 있다는 점에 착안하여 백은선의 일반명사 '초록' '검정' '숲' '빛'들이 어떻게 고유명으로서 수렴되는지 살펴보았다. 하지만 이 일반명사들은 각각의 시편들에서 서로와 대치하며 자유분방하게 뻗어나가는 움직임을 보여주었다. 백은선은 현재가 아닌 다른 가능세계를 희구한 것이 아니라 명사의 그런 놓임을 통해 현재의 여러 빛깔과 모습을, 즉 현재를 여러 번

다시 쓰고 새로운 색으로 칠하는 과정과 그 의지를 시로 구현했던 것이다. 그러므로 나의 시도는 전적으로 외피에 천착하는 독해였고, 그 독법의 결말은 결국 철학과 문학의 차이를 발견하는 예정된 도착(倒錯)일 수밖에 없었다.

이번 시집에서도 고유명과 고유명화된 일반명사들은 하나로 포괄할 수 없는 여러 의미망을 지닌다. 그것들이 지시하는 것을 찾아내 종합하려는 시도보다는, 정합적인 논리로 포획되지 않는, 영원히 지연되고 유보되는 공백 그 자체를 문학의 공간이라고 말하고 싶다. 계속해서 덧붙여짐으로써 넓어지는 의미의 영토에서 그 명사들은 점차 두터워지고 또 경계가 희미해질 것이다. 갈림길을 동시에 걸어가는 백은선의 화자들을 본다. 현실에서 그럴 수는 없겠지만, 이곳은 시의 영역이니까. 물론 백은선이 시어의 우연한 결합이 자아내는 무한한 가능성을 누리며 걸어가는 산책자이기만 한 것은 아니다. 그는 말의 무게와 힘을 절실히 느끼는, 한마디 한마디를 가능한 한 정직하고 정확하게 말하려 괴로워하는 발화자이므로.

*

편집자의 눈은 빼기에 익숙하다. 이를테면 "그리고" "그래서" "그래도" "하지만" "때문에"와 같은 접속사, "이" "저런" "그러한"과 같은 지시관형사, "이것" "그" "저것들" 등의

175

지시대명사, 그리고 의존명사 "것". 이들 같은 군더더기는 대상을 명확히 지시하지 못해 해석에 혼란을 주거나 가능성으로 위장된 모호함이 문단 전체를 무책임한 방종으로 이끌곤 하기 때문이다. 그런데 교정지를 마주하며 이 문장 요소들을 모두 빼는 것이 과연 옳은가 오래 고민하게 되었다.

예를 들어 「수지(壽指)」에서 "손을 놓는다는 게 영영 손을 잃어버리는 일이 될 수도 있다는 것을 미처 알지 못해서"라는 문장을 만났을 때의 첫인상은, 의미는 알겠지만 다듬을 수 있겠다, 였다. 그러나 막상 펜을 쥐고 뛰어드니 어떻게도 고칠 수 없었다. 조금이라도 바꾸는 순간 문장 전체가 흔들렸다. '~다/라는 것'이라는 문형에는 시차가 끼어든다. 문장에 턱이 생기는 만큼 감정이 발생하는 순간과 차후에 지각하는 '나' 사이의 시간적 간격이 문장에 함의로 새겨진다. 그래서 마지막 문장 "잎들이 작은 동전처럼 반짝이는 것을 보고, 수지(壽指)라 이름 붙였다"를 '잎들이 작은 동전처럼 반짝여서, 수지(壽指)라 이름 붙였다'로 바꾸지 못했다. '반짝여서'와 "반짝이는 것을 보고"에는 그 현상을 보는 '나'와, 보는 자신을 지각하고 쓰는 '나'라는 차이가 있다. 백은선의 시에 숱하게 등장하는 '생각하는' 그리고 '보는' 화자들의 존재에는 다 이유가 있다는 말이다. 교정지 곳곳에는 적었다 지우고 다시 또 다르게 적었다 지워서 종이가 운 흔적이 가득했다.

백은선의 시에 자주 개입되는 간격에는 시차뿐만 아니라

어떤 일을 겪는 자신과 그런 자신을 바라보는 자신의 공간적인 분리도 있다. 화자는 무언가를 보고 겪는 순간에도 그 순간을 기록하는 또다른 자신을, 토마스 만이 '인식의 구토'*라 불렀던 바로 그 증세를 느낀다. 백은선의 화자들은 "가장 높은 의자에 앉"아 인간과 세계를 바라보면서 "그것을 표현하고 싶은 충동에 휩싸인다"(「1g의 영혼」, 『도움받는 기분』, 문학과지성사, 2021). 하지만 "나는 가끔 신과 유사하고 모든 것을 동시에 보고 겪는다고" 느끼는 권능은 "무엇 하나 진심인 적 없다는 것"(「픽션다이어리」)이라는

---

* "리자베타, 인식의 구토라고 부르고 싶은 것이 있지요. 우리 인간에게는 어떤 사물을 통찰하는 것만으로도 벌써 죽고 싶을 정도로 구역질나는(그런 중에도 그것과 화해할 기분이라곤 전혀 나지 않는) 그런 상태 말입니다. 햄릿의 경우가 그렇지요. 전형적인 문학자인 저 덴마크인의 경우가 바로 그런 상태이지요. 앎에의 천분을 타고 나지 못했으면서 알아야 할 사명을 지니게 되었다는 것이 무엇을 의미하는지 햄릿은 알고 있었습니다. 감정의 베일이 눈물에 젖어 있는데도 그것을 꿰뚫고 통찰해야 하며, 인식하고 주의 깊게 살피고 관찰해야 합니다. 손과 손이 서로를 휘어잡고 입술과 입술이 서로를 더듬어 찾고 있어 인간의 시선이 감정에 눈이 멀어 앞을 보지 못하는 순간들에서조차도 미소를 띠면서 방금 관찰한 것을 별도로 챙겨두어야 하는 것입니다. 이것은 파렴치한 짓입니다, 리자베타, 이것은 비열하며 분노를 불금케 하는 짓입니다. 그러나 분노한다고 무슨 소용이 있겠습니까?", 토마스 만, 「토니오 크뢰거」, 『토니오 크뢰거·트리스탄·베니스에서의 죽음』, 안삼환 외 옮김, 민음사, 1998, 47쪽.

괴로운 고백으로 이어진다. 백은선의 화자는 자신의 권능을 인지하면서도, 그 권능이 '나'와 '너' 사이에 놓인 간극이라는 저주임을 체감한다.

시집 속에서 여러 번 구사되는 '~인 것 같다'라는 문형이 곧 그와 같은 괴리의 형식화이면서, 자신의 권능을 조심스럽게 사용하는 화자의 어법이다. "이토록 많은 시공간 속에 살아 있었다는 게 앞으로도 계속된다는 게 끔찍해서 눈물이 날 거 같았다"(「상자를 열지 않는 사람」)라고 말하는 이가 바로 백은선의 화자다. 감정은 고조되면서도 폭발해 몸 밖으로 새어나오지는 않는다. 슬픔과 괴로움을 깊이 느끼면서도 눈물의 결정이 맺히지는 않는 사람. 슬픔의 감정이 끝끝내 언어로서 기화되는 사람.

내가 싫어하는 말들 영원, 모두, 접속사, 지시대명사, 모호하기로 작정한 모호뿐인 말들 그래 알아 가끔 그렇게밖에 할 수 없는 말도 있지 이토록 비좁은 트랙에서는 방향을 바꿀 수 없으니까 앞만 보이니까
　　　—「우리가 거의 죽은 날」, 『도움받는 기분』 부분

백은선은 군더더기가 군더더기라는 것을 모르지 않는다. "앞만 보이니까" 어쩔 수 없다고 스스로를 다독일지라도 군더더기는 군더더기인 것이다. 그러나 백은선의 군더더기에는 근거가 있기에 아무리 빼는 쪽으로 고심해보아도 별수

가 없다. 그래서 "세상의 모든 접속사를 이어 만든 커다란 이불"은 일반적으로 꺼려지는 것들, "모든 쓸모없는 것들에 대해 생각"(「도움의 돌」, 『가능세계』)한 뒤에 그것들에게서 쓸모를 만들어내는 백은선의 다정한 마법을 함축하는 단어이기도 하다. 어느새 나는 백은선의 마법에, 그의 언어를 닮은 접속사를 구현하고 싶은 욕망에 휩싸여버렸고, 그 마음은 백은선의 문장들을 오래 어루만지고 연습해보는 밤들로 이어졌다.

그렇게 백은선의 단어들을 따라 한 걸음 한 걸음 걷는 순간 내가 시를 닮아가고 있다 느끼는 고양감이 찾아왔다. 그 감각에 중독되어 더 많은 시와 소설을 읽으며 내 삶의 거의 전부가 문학에 의해 덧칠될 때 그 이해받는 기분에 황홀하면서도 자꾸만 삶과 나 사이에 '인식의 구토'가 고약하게 치밀어오르곤 했다. '나=문학'의 구도가 확고하게 자리잡아가는 '내가 싫고 좋고 이상한' 만큼 문학에도 동일한 양가감정을 가질 수밖에 없었다. 문학과 삶, 둘 사이에서 균형을 잡을 수도, 어느 것 하나에 전념할 수도 없는 난점 가운데서 문학이 삶을, 삶이 문학을 위할 수 있을까 의문이 들었다. 그런 내게 어느 날 「비밀과 질문 비밀과 질문」과 「상자를 열지 않는 사람」이 찾아왔다.

책 속에서 출렁이는 물을 만났어 몰캉몰캉한 젤리들이 눈 속으로 가득 쏟아졌어 이렇게 고요한 밤에 어떻게 나는 숨을 쉬고 말을 할 수 있을까 불속에서 녹아내리는 몸 줄곧 가지고 다닌 비밀과 질문 정말이라면 그것이 정말이라면 물은 까맣고 까만 것은 무한하기에…… 무어라 부를 수 있을까 그것을 비밀과 질문이라고 한다면 너무나 쉽고 가벼워지는 그것을 어쩔 줄 모르고 공중에 놓여 있던 두 손이라 부를 수 있다면 주머니가 있어 손을 감출 수 있었다면 얼마나 좋을까 물은 형상을 바꾸며 나아갔고 나아가며 멈춰 있었고 물무늬가 그리는 파동이 겹겹이 흔들리며 얼굴을 짓뭉개놓는 동안 울면서 울면서 달리고 달리는 커다란 기차를 생각했어 기차를 끌어당기는 은빛 선로에 대해 생각했어 그 안에 가득찬 빼곡한 숨을 숨찬 주문을 들으며 들으며 귓속으로 쏟아지는 계속되는 것을 영원히 끝나지 않는 순환의 지독함과 아름다움을 액자 속에 걸려 천년 동안 서서히 밝아지는 동시에 스러지는 이미지를 떠올렸어 그것을 온전한 절망이라고 믿고 싶었다 그러나 온전한 것은 없기에 책 속에 머리를 박고 활자를 중얼거리며 기차가 달리는 리듬으로 한 문단 한 문단 달리고 달리며 비밀과 질문 비밀과 질문 출렁이는 물속을 들여다보려 애를 썼고 아무리 애를 써도 보이지 않는 심장처럼 물은 검기만 했고 숨찬 내일 무한을 잠시 엿본 것만 같다고 꽃이 꽃꽃꽃꽃 달리고 달이 달달달달 떨리고 숲이 숲숲숲숲 웃어대는 리듬 속에서 숨찬 내일 두 손을 휘저으며 끝없이 두 손을 휘저으며 이렇게 시끄러운 밤 어떻게 너는 꿈을

꾸고 잠을 자는가 그것이 정말인가 무엇을 향하는지도 모
르고 삿대질을 하며 울던 줄곧 가지고 다닌 두 손

　손목을 은빛 선로 위에 둔 채 기다리고 있다 기적이 가
까워지기를
　　　　　　　　　　　　—「비밀과 질문 비밀과 질문」 전문

　밀레이의 그림 〈오필리아〉(1852)에선 "아무리 애를 써도
보이지 않는 심장처럼" 시커먼 물살에, 마치 땅이나 낙엽에
매장되었다고 해도 좋을 정도로 탁한 물에 오필리아가 실
려 흘러가고 있다. 오필리아는 사랑에게도 가족에게도 이용
당한 사람, 미쳐버리고서야—자신을 이용할 생각뿐인 세상
의 도리와 사람 간의 관계로부터 자유로워진 다음에야—내
면을 획득하고 자신의 목소리를 쏟아내기 시작한 사람, 이
치가 맞지 않는 노래들을 통해 듣는 이의 내면을 흔들게 된
사람이다.
　책에서 "출렁이는 물"을 만난 화자의 눈에 출렁이는 물처
럼 "몰캉몰캉한 젤리"가 쏟아진다. '나'는 단숨에 책 속의
세계로 진입한다. "공중에 놓여 있던 두 손"을 상상해보다
"물무늬가 그리는 파동이 겹겹이 흔들리며 얼굴을 짓뭉개
놓는 동안"의 시간이 이어진다. 화자가 물에 떠내려가고 있
기에 누운 채로 두 손이 물 밖 공중에 나와 있는 자세가 그
려진다. 바로 앞선 시에서 화자가 "비 내리는 창가에 서서/

181

물에 잠겨가는 육체를 바라보고 있었다"(「역할 바꾸기」)는 걸 상기할 필요가 있다. 바라보던 화자가 곧 잠겨가는 오필리아가 된 셈이다.

넋을 놓은 오필리아가 부르는 노래에 각운이 맞춰져 있었다는 사실은 그가 온전히 미치지만은 않았음을, 도리어 그의 미침은 하나같이 약탈적이었던 세계를 반추하며 정상과 광기를 뒤집어 보여주고 있었음을 암시한다. 햄릿이 '인식의 구토'에 사로잡혀 위악과 회의로 쪼그라들었다면, 오필리아는 주변의 악의를 꿰뚫어 노래로 쏟아내고 자유로이 세계를 떠나버린 것이다. 그런데, 어째서 그림 속 오필리아는 두 손을 물위로 어정쩡하게 내놓고 있는 것일까. 물에 실려 흘러간다면 쭉 펴진 팔이 보다 자연스럽고, 팔꿈치를 굽힌 채 마치 손이 "어쩔 줄 모르고 공중에 놓여 있"는 자세는 다소 낯설다. 안쪽으로 굽어진 그 손으로 오필리아는 여전히 누군가에게 노래를 부르고 있던 것은 아니었을까. 오필리아가 못다 한 노래를 품은 화자는 '생각한다'. 무엇을? "커다란 기차를""은빛 선로"를, "빼곡한 숨을""계속되는 것을""순환의 지독함과 아름다움을""밝아지는 동시에 스러지는 이미지를".

마지막 연에서 "은빛 선로"를 타고 다가오는 기차의 이미지는 뤼미에르의 〈열차의 도착〉(1896) 속 삶으로 끼어들려고 머리를 스크린에 들이미는 열차일 수도, 인상주의의 시작을 열어젖힌 윌리엄 터너의 〈비, 증기, 그리고 속도〉(1844)

속 기차, 무언가 미지의 것을 품은 채 현재로 넘어오는 존재일 수도 있다. 그리고 백은선의 기차는 배수아의 「기차가 내 위를 지나갈 때」를 함께 상기시킨다. 소설 속 기차는 소중한 존재를 '나'로부터 멀리 떨어뜨려놓는 존재이자, '나'가 그것을 타고 이곳이 아닌 먼 어딘가로 돌아오지 않는 여행을 떠날 수 있는 통로이다. 기차가 떠난 플랫폼은 "파국을 향한 열망을 느"끼고 "선로의 침목 사이에 들어가"* 누워 기차가 '나'의 위를 지나가기를 바라게 하는, 죽음에 대한 갈망의 공간인데, 기차는 아직 이곳에 당도하지 않은 채 여전히 오고 있는 중이기에 죽음은 언제나 유보될 것이다. 그 모든 것으로서의 기차는 임계점을 돌파하며 발생되는 비가역적인 운명의 실행자이다. 세계는 언제나 '나'보다 크기에 '나'는 운명에 휘둘릴 수밖에 없지만, 그 운명으로 적극 나아간다면, "기차를 끌어당기는 은빛 선로"로 걸어간다면. 그때 운명과 '나'는 서로가 서로를 선택하는 관계일 수도 있을 것이다. 그렇게 '나'는 다가올 미지의 것을 겸허하게, 그러나 자신의 전부인 두 손을 기꺼이 내놓은 채 기다리고 있다.

　그네 아래는 하얀 꽃이다

---

* 배수아, 「기차가 내 위를 지나갈 때」, 『뱀과 물』, 문학동네, 2017, 262쪽.

폴란드 폴란드

새가 날아가는 순간 새는
무언가 놓고 가는 것만 같고

하얀 것은 깊이를 알 수 없다고 믿었다
불타는

나의 폴란드

(……)

무력한 것만이 유효하다는 믿음은 손쉽게 이루어지면서
도 부서지기 때문에 너는 그럴듯한 기분으로 태도를 지키
기 좋았지. 시 안에서 꽃이 다뤄지는 방식으로. 미래처럼.
절망하기 위해 태어난 포즈는 늘 호응받기에, 너는 줄곧
들여다보았지. 들여다보지 않는 순간에도 들여다보고 있
다고 그것이 바로 흔들림이라고 적었지

손과 손을 놓고 멀어지는 연인들처럼
다리 위에 매달린 기쁜 숨처럼

기울어진 것은 두 가지 사건에 관해

간결한 견해를 표명하고
8과 0으로만 이루어진 세계

네가 다가갈 수 없는
대립

폴란드

열리지 않는
대립

폴란드

　　　　　　　—「상자를 열지 않는 사람」 부분

　「비밀과 질문 비밀과 질문」이 문학의 자기반복적인 비밀
을 온전히 긍정하지도, 비밀을 손쉽게 해체하려 들지도 않
으면서 비밀에 대해 질문을 가지는 태도를 가능케 했다면,
「상자를 열지 않는 사람」은 비밀로서의 세계에 대응하는 화
자의 실천과 그 구체적인 방법론이라고 말할 수 있다. 관념
으로서의 절망이 어떻게 실제 세계 속 인간을 절망시키는지
그 관념과 실재의 결합을 그려내는 동시에 절망에 맞서는
의지를 텅 빈 기표로 형상화하면서.
　첫 행은 "그네 아래는 하얀 꽃이다". '그네 아래엔 하얀

185

꽃이다'라고 하지 않고, 조사 '는'을 덧붙이면서 하나의 세계가 정초된다. 그네와 하얀 꽃이 아무것도 없던 곳에서 솟아난다. 역시 다른 맥락이나 부연 없이 주문처럼 솟아오르는 "폴란드 폴란드". 입술이 열려 있든 닫혀 있든 한 번은 꼭 닫았다가 무성 양순 파열음 'ㅍ'으로 열리며 시작되는 폭발은 이윽고 부드러운 'ㄹ'[1]로 감싸안아지는데, 마지막 글자 '드'는 한국어에서는 음절로 취급되지만, 영어에서는 분절된 음운을 이루지 못해 급히 닫으며 발음되어야 한다. 그러나 이 혼돈은 애초에 '폴란드'를 폴란드어로 발음할 생각을 하지 못하는 데서 원인을 찾아야 할 것이다. 〔폴스카〕와 같이 불릴 폴란드어 발음까지 고려하면 폴란드는 과연 어떻게 규정할 수 있을까? 폴란드는 곧 "나의 폴란드", 시를 읽는 독자 누구라도 "나의 폴란드"라고 말해볼 수 있는 텅 비고 자유로운 기표가 된다. 그 안에 무엇을 담을지는 읽는 이의 몫일 것이다.

그러나 나만의 고유한 언어를 내뱉었다는 데 소박하게 만족하기에는 언어라는 것이 얼마나 무력한지 백은선은 모르지 않는다. "무력한 것만이 유효하다는 믿음"이 얼마나 안온하고 기만적인지, 마치 그렇게 평온히 시를 읊고 있는 태도를 도무지 참을 수 없다는 듯한 "너는 그럴듯한 기분으로 태도를 지키기 좋았지"가 내게 얼마나 고통스럽게 와닿았는지. 문학은 무용하기에 억압하지 않고, 그로써 억압에 대해 생각하게 한다는 김현의 테제를 상기시키는 이 연은 문

학의 무용성이 도리어 인간에게 도움이 될 것이라는 믿음
이 때로 얼마나 '절망'만을 위한 '포즈'가 되는지 여실히 보
여준다. 그 속음이 문학의 종사자로 하여금 대상을 "들여다
보지 않"으면서도 "들여다보고 있다고" 믿으며 "흔들림"을
쓰게 했는지 되돌아보는 시선을 통해.

  그러므로 "기울어진 것"의 방향은 각자의 자아를 빈틈없
이 수호하기 위한 방향, 내부로의 곪아들어감이다. 누구나
어느 것도 장담할 수 없는 "두 가지 사건에 관해" 너무 쉽게
"간결한 견해를 표명"하는 세계는 한 붓으로 그릴 수 있는
숫자, 어디서 시작하든 다시 원점으로 돌아오는 "8과 0으로
만 이루어진" 세계다. 불가능한 영구기관처럼 스스로 믿음
을 생성하고 일용하는 문학은 그 자체로 너무나도 온전하고
공고한 세계를 이루어서, 그 안에 놓인 사람들이 어디로도
다다르지 못한 채 한없이 걸어가게 한다. 그처럼 닫힌 구조
안에서 서로 부딪치고 깨지는 '대립'이란 것은 도저히 "다가
갈 수 없"고 "열리지 않"는 것이지만, 그럴 때마다 마치 대
답처럼, 의지처럼 맞대어지는 "폴란드"가 있다.

  '폴란드'가 얼마나 무력한지 알면서도 다시 한번 발화하
는 이유는 무엇일까? 그 해답은 마치 제목 속 상자 안에 들
어 있는 것만 같다. 이 시집에는 상자를 옆에 두고 상자를 생
각하며 상자 주변을 빙빙 도는 화자들이 있다. 그들이 상자
를 열지 않기 때문에 함께 상자를 보고 있는 독자들도 상자
의 안을 확인할 수 없는 채로 상자와 그 안에 든 것에 대해

반복해서 생각하게 된다. 백은선이 밝히지 않겠다고 결정하면서 열리지 않은 채 그대로 놓여 있는 그 "흥미로운 생각"도 하나의 상자가 될 것이며, 그 '생각'을 맞히기 위해 OX 게임을 플레이하는 게 우리에게 진실로 필요한 깨달음은 아닐 것이다. 시를 읽는 각자에게 '폴란드'와 같이 그들만의 상자가 있을 것이고, 그 상자 안에는 내가 직면하고 싶지 않은 것, 혹은 사랑하는 것, 나와 닮은 것이 있으리라 생각하면서 읽는 나도 상자 주변을 빙빙 돌게 되었다.

"상자를 열지 않는 사람"이라는 제목은 상자를 열지 않겠다는 의지와 동시에, 말 자체가 '상자를 바라보는 눈' '상자를 의식하는 태도' 같은 양가적인 상태를 내포한다. 상자는 어떤 말도 하지 않고, 무엇도 보여주지 않지만 상자를 보는 나의 안에 질문을 마련해놓는다. 이를테면 "아무 대가 없이 사랑해줄 수는 없어요?"(「상자를 열지 않는 사람」)라는 물음을. 백은선의 질문들은 일견 바깥을 향하면서도 읽는 나의 내면을 겨냥한다. 정말 아무 대가 없이 사랑하고 살 수는 없는 거냐고. 질문들은 나를 곤란하게 하고, 곤란하기에 기쁘게 만든다. 그처럼 나의 자기 연민을 해체하여 마음을 똑바로 들여다보게 하는 질문과, 내가 '너'에게 가장 묻고 싶은 질문을 상자로부터 꺼내보는 것이야말로 백은선의 시에서 얻을 수 있는 유용성이자 삶을 진실로 대하는 태도가 아닐까. 상자를 통해 '나'를 대면해야만 '나'가 사랑하는 '너'를 바라보고, 또 '너'에 대해 말할 수 있을 것이므로.

*

　브레히트는 "아름다움이란 어려움을 해결하는" "하나의
행위"*라고 말했다. 백은선의 문장은 아름다움을 위한 아름
다움의 지대에 머무르지 않고 위태로운 모호함에 적극 뛰어
들어 "첨예하지 않"은 "흑과 백"이라는 "앞면과 뒷면 사이
에서/ 균형잡기의 나날"(「픽션다이어리」)의 삶을 이야기한
다. 이 세계의 바깥을 바라보는 시선과, "끊임없이 돌아오는
나선의 감각으로" 비는 손을 가지고 "나선의 박차를 가하"
면서도 "나선의 박차를 부수는"(「적심(摘心)」) 변증법적인
모순의 교차. 백은선의 나선은 그 자체로 아름다우면서도,
그런 고투를 보여주는 것에 자족하지 않기에 가속되는 나선
운동이 끝내 가리키는 아름다운 '너'에 대해 무엇을, 어떻게
말하는지 주목하게 한다.
　주지하듯이 백은선의 화자들은 아름다움의 주체가 아니
라 아름다움을 바라보는 주체다. 너무나도 아름다운 '너'를
보는 「비신비」의 화자는 "나는 눈을 뜨는 순간 빛의 세계에
서 탈락했"다며 좌절하지만, 그의 자세는 한없는 질투와 절
망보다는 "하나에 빛 둘에 너/ 하나에 창 둘에 너/ 하나에

---

*베르톨트 브레히트, 『브레히트, 시에 대한 글들』, 이승진 옮김, 지
식을만드는지식, 2021, 61쪽.

섬 둘에 너"라고 외듯 매혹과 (마음의) 증여에 기대어 있다. 그렇게 상대방을 향해 몸이 기울어져 있는 '나'야말로 사랑을 누리는 것이 아니라 사랑을 만들어내는 것으로서, 사랑의 주체가 된다.

백은선의 화자들이 사랑의 주체가 될 수 있는 힘은 진술한 고백에 있다. 그들을 가장 괴롭히는 것이 "이게 다 기만이라는 생각"이라는 건 자명하다. "나의 착한 개는" "내내 예쁜데 그것을// 감사하는 마음이 너무 쉬운 것 같아/ 미안했다"(「진실은 구체적이다」)고 말하듯이 아름다움과 사랑을 말하는 언어가 너무 쉽게 바스라져 차라리 '나'는 침묵하거나 거짓을 말하고 싶어진다. "전부 두 손 안에 있는" "빛나는 것"을, 즉 진심을 "자꾸만 숨기고 싶어지는"(「형상기억합금」) 것이다. 그러나 그는 항상 거리를 둔 채 '너'를 바라볼 수밖에 없는 자신의 애로를 숨기지 않는다. "내려다보는 사람"으로서 무엇 하나 진심으로 대하기 어려운 화자는 다시 말한다. "진심이 없을 때 우리가 가질 수 있는 태도는 두 가지예요// 거짓을 말하기/ 침묵하기"(「진실은 구체적이다」)라고. 누군가가 말을 하지 않거나, 내뱉는 말이 거짓뿐이라면 그를 어떻게 믿고 곁을 내어줄 수 있을까? 하지만 진실되지 못한 내면에 대한 고백이 최소한의 진실을 구해내고 있다면.

사실과 진실의 사전적 의미는 각각 다음과 같다. '사실: 실제로 있었던 일이나 현재에 있는 일.' '진실: 거짓이 없는 사실.' 사실이란 것은 이렇다. 나는 2023년 현재 편집자로 일하고 있다. 나는 5월 14일 오전에 이 글을 쓰고 있다. 진실이란 것은 이렇다. 나는 백은선의 시를 너무나도 좋아한다. 백은선의 시는 다정하다. 진실에는 진심의 '眞'이 포함되는 만큼, 현상에 대해 말하는 이의 태도가 담겨 있다. 얼마나 좋아하는데? 어떻게 다정한데? 묻고 따져볼 수 있는 것이다. 우리는 "마음이라는 이 좆같고 애매한 말!"(「상자를 열지 않는 사람」)을 그대로 두지 않고 자신의 마음에 대해 필요한 만큼 그 모호함을 적극 해명해야만 한다. '나'를 위해, 또 '나'가 사랑하는 '너'를 위해. 백은선의 '나'는 정직하다. 사랑하는 사람과 같이 있으면서도 언제나 조금은 이 마음과 상황을 기록하고 있다는 것을 알려주기에. 진심을 내놓고 상대방의 눈을 바라보는 자세로. 차마 정면으로 바라보지는 못하고, 조금 사선으로 비껴 설지라도.

뜨거운 살을 발라 네게 뛰어갔을 때
너는 쟁반을 엎어버렸다
나는 울면서 흙을 털어 살점을 내밀었다

곧 겨울이 올 텐데
눈을 끓여 풀죽을 먹고
어떻게 병을 이겨내려고 그래

—

    (……)

나무 아래서
나는 기다린다

날아오르기 직전에 먼저
날개를 움켜쥐려고

                   —「새나무」 부분

  그러나 비껴 서 있더라도 '나'가 '너'를 사랑하는 마음은 어긋나지 않는다. 나는 시 속 인물들이 나무에 앉은 새를 먹는다는 것에 멈칫하지 않을 수 없었다. 하지만 새를 먹는 것이 야만적이라고 지탄받을지라도 '너'를 위해서라면 '나'는 개의치 않을 것이다. 내가 백은선에게 배운 것은 사랑 앞에서 나를 허무는 자세이며, 시야를 좁혀 '너'의 눈을 똑바로 바라볼 수 있는 눈맞춤의 방법이고, 사랑에 가장 진실할 수 있는 태도였다. 사랑만 내게 있다면, 신이 없는 이 세상도 괜찮다는 의연한 믿음이었다. "마침내 다다랐을 때/ 우리가 좇던 빛이 단지 CCTV 빛이었다는 것을 알게 됐을 때/ 붉은 빛이 명멸하며 흔들릴 때" 따라오는 마지막 문장이 "세상에 우리 둘뿐"(「앙망」)이기에. 그런 '너'의 앞에서 "못생긴 얼굴로 내가 웃을 때는/ 네가 다른 곳을 보면 좋겠다"고, 왜냐면 '너'가 "웃으며 말할 때// 잠깐/ 세계가 사라"(「형상기억합금」)지니까. 사랑하는 이가 나에게 "전화를 걸어 잠이 오지 않는다고/ 자꾸만 무서운 생각이 난다고" 하면 나는 백은선을 따라 "가끔/ 좋은 시를/ 때로는 노래를/ 읽어주기도 불러주기도" 할 것이다. "어젯밤엔/ 어김없이 아침이 찾아오는 게 지옥 같다고/ 적어놓고/ 오늘은 네게 그런 말을" 들려줄 것이다. "지나갈 거야 오늘밤도/ 매일 아침에 해가 뜬다는 거/ 어쩐지 기적 같지 않니"(「향기」)라고. 그러니 내게 다정은 사랑을 위한 기초이며, 세계를 건축하는 행위이다.

우린 늘 사랑에 대해 이야기하지. 사랑이 아닌 것도. 손이 바빠 머리가 멍해질 때까지. 우물거리며 고기와 와인을 먹고 커피를 마셨지. 나는 너희와 함께 있을 때 가장 똑똑해진다. 아직 완성되지 않은 장면들을 돌려보며 팝콘처럼 터지는 웃음, 열매처럼 뚝 떨어지는 눈물. 계속해봐! 더 해봐! 서로의 등을 밀며 기차는 달린다. 너는 빨강 너는 초록 나는 검정. 모든 게 멋지고 더할 나위 없이 좋다. 하나의 옷을 돌려 입으며, 나는 가끔 무한히 길어질 수 있을 것 같아. 말하려는 순간 딸꾹질이 시작된다.

　　　　　　　　　　　　　　　─「만나서 시쓰기」 부분

이 시의 각주까지 함께 말하고 싶다. "딸꾹질은 심장의 소리다. 입으로 쏟아지는 두근거림이다. 가끔은 모든 것을 능가할 수 있을 것 같아. 그리고 맞아 맞아, 가장 커다란 동의의 환호를 가득 매달고서." 백은선의 시가 반드시 우리 앞을 가로막는 한계를 뛰어넘고 초월하게 하는 물리적인 날개가 되어줄 수는 없을 것이다. 때로는 시를 읽고 마음이 북받쳐 뛰어오르고도 장대에 걸려 철푸덕 넘어져 이가 깨질 수도 있을 것이다. 미래와 가능성, 무한이라는 단어가 지긋지긋해서 아무런 말도 듣고 싶지 않을지도 모른다. 하지만 그럴 땐 의심과 번복을 꼬리에 주렁주렁 달고도 이어지는 백은선의 다정을 생각해보자. 그 언어가 어떻게 우리에게 계속하고 반복할 수 있는 의지와 연습이 되어주는지를. 문학이 삶을 닮고, 삶이 문학을 닮아가는 우리는 만나서 시를 쓸 수만 있다면 어디서든 다시 일어설 수 있다. 그것이 내가 백은선에게 배운 시이자, 백은선의 시를 읽은 이들에게 가장 전하고 싶은 말, 그리고 사랑하는 이들과 함께하고픈 삶의 태도였다.

백은선 2012년『문학과사회』를 통해 등단했다. 시집『가
능세계』『아무도 기억하지 못하는 장면들로 만들어진 필
름』『도움받는 기분』, 산문집『나는 내가 싫고 좋고 이상하
고』가 있다. 김준성문학상, 문지문학상을 수상했다.

— 문학동네시인선 195
상자를 열지 않는 사람
ⓒ 백은선 2023

1판 1쇄 2023년 6월 20일
1판 3쇄 2024년 5월 27일

지은이 | 백은선
책임편집 | 이재현
편집 | 강윤정 김영수
디자인 | 수류산방(樹流山房) 본문 디자인 | 최미영
저작권 | 박지영 형소진 최은진 서연주 오서영
마케팅 | 정민호 서지화 한민아 이민경 안남영 왕지경 정경주 김수인 김혜원
　　　　 김하연 김예진
브랜딩 | 함유지 함근아 고보미 박민재 김희숙 박다솔 조다현 정승민 배진성
제작 | 강신은 김동욱 이순호
제작처 | 영신사

펴낸곳 | (주)문학동네
펴낸이 | 김소영
출판등록 | 1993년 10월 22일 제2003-000045호
주소 | 10881 경기도 파주시 회동길 210
전자우편 | editor@munhak.com
대표전화 | 031) 955-8888 팩스 | 031) 955-8855
문의전화 | 031) 955-3576(마케팅), 031) 955-1920(편집)
문학동네카페 | http://cafe.naver.com/mhdn
인스타그램 | @munhakdongne 트위터 | @munhakdongne
북클럽문학동네 | http://bookclubmunhak.com

ISBN 978-89-546-9314-1 03810

* 이 책은 서울특별시, 서울문화재단 '2023년 창작집 발간 지원사업'의 지원을 받아 발
　간되었습니다.
* 이 책의 판권은 지은이와 문학동네에 있습니다. 이 책 내용의 전부 또는 일부를 재사용
　하려면 반드시 양측의 서면 동의를 받아야 합니다.

www.munhak.com

문학동네